独角兽书系

Crystal doors
水晶门

岛屿之国

[美]凯文·J.安德森　[美]瑞贝卡·梅斯塔　著

钱佳萍　译

重庆出版集团　重庆出版社

CRYSTAL DOORS BOOK 1: ISLAND REALM
Copyright © 2006 WordFire, Inc.
Originally published by Little, Brown and Company June 2006
Published by agreement with Trident Media Group, LLC, through The Grayhawk Agency Ltd.
Simplified Chinese translation copyright © 2023 Chongqing Publishing House.
All right reserved.

版贸核渝字(2021)第058号

图书在版编目(CIP)数据

水晶门.岛屿之国/(美)凯文·J.安德森,瑞贝卡·梅斯塔著;钱佳萍译.—重庆:重庆出版社,2023.3
ISBN 978-7-229-16955-8

Ⅰ.①水… Ⅱ.①凯… ②钱… Ⅲ.①幻想小说—美国—现代 Ⅳ.①I712.45

中国版本图书馆CIP数据核字(2022)第123394号

水晶门:岛屿之国
SHUIJING MEN:DAOYU ZHI GUO

[美]凯文·J.安德森 [美]瑞贝卡·梅斯塔 著
钱佳萍 译

责任编辑:邹 禾 唐 凌 王靓婷
装帧设计:冰糖珠子
封面插画:冰糖珠子
责任校对:何建云

重庆出版集团 出版
重庆出版社

重庆市南岸区南滨路162号1幢 邮政编码:400061 http://www.cqph.com
重庆出版社艺术设计有限公司 制版
重庆豪森印务有限公司 印刷
重庆出版集团图书发行有限公司 发行
E-MAIL:fxchu@cqph.com 邮购电话:023-61520646
全国新华书店经销

开本:890mm×1230mm 1/32 印张:8.125 字数:190千
2023年3月第1版 2023年3月第1次印刷
ISBN 978-7-229-16955-8
定价:45.00元

如有印装质量问题,请向本集团图书发行有限公司调换:023-61520678

版权所有 侵权必究

本书献给
凯瑟琳·西多尔

目录

第一章	001
第二章	008
第三章	015
第四章	020
第五章	024
第六章	028
第七章	035
第八章	040
第九章	049
第十章	056
第十一章	060
第十二章	068
第十三章	079
第十四章	086
第十五章	091
第十六章	100
第十七章	105
第十八章	114

第十九章	122
第二十章	128
第二十一章	135
第二十二章	144
第二十三章	154
第二十四章	160
第二十五章	166
第二十六章	173
第二十七章	181
第二十八章	185
第二十九章	190
第三十章	200
第三十一章	206
第三十二章	213
第三十三章	217
第三十四章	221
第三十五章	225
第三十六章	230
第三十七章	236
第三十八章	243
致谢	248

第一章

　　格温多琳·皮尔斯望向大洋彼岸，一阵温热的海风吹乱她的金发。她的思绪一直漫游到了天边。那里看起来一切皆有可能。

　　海浪反射的阳光太耀眼，格温眯起眼睛。几个世纪以来，大海的魅力令人类着魔。海洋虽然美丽，却也危险神秘。**提起大海，人们会想到海怪、航行在世界尽头的探险家、幽灵船、海底王国。**

　　勇敢的水手穿过未知海域去远方冒险，异国的港口堆放着新式货物等待交易。渔民从资源丰富的大海中拖出捕获的生物。艺术家、作家和哲学家都从激荡的深海中汲取灵感。七大洋似乎拥有无限潜力。

　　"你们两个饿了吗？还是你们想现在就去兜风？"

　　格温放下海洋王国学习中心和游乐园的宣传册地图，说："卡普叔叔，我想先去看展览。"

　　卡尔顿·亚瑟·皮尔斯博士——因为名字首字母缩写而有了

水晶门：岛屿之国

卡普叔叔的昵称——他看着侄女，淡褐色的眼睛里满是喜爱和愉悦："格温，你太严肃了，别忘了玩开心点。"这位才华横溢但稍显古怪的前考古学家这天没做稀奇古怪的水晶实验，专门腾出一天带孩子们来海洋王国游玩。

"我当然要严肃点。"格温挺直了纤细的身板，"我将来可是要当海洋学家或者海洋生物学家的，甚至还会在斯克利普斯研究所做研究。"格温的父母遗传给了她很多东西，其中之一就是对大海和几乎所有形态的水的热爱。在父母去世后的两年里，格温变得越来越严肃，但她无法控制自己。只有全身心地投入到学习中，她才能从失落和悲伤的情绪中解脱出来。但今天她应该开开心心地玩，于是她强打起精神说："换句话说，学习开始得越早越好！"

一只晒黑的手猛地拽走了格温手中的地图。"嘘，格温，暂时别管学习了好吗？"格温的堂弟维克按住她肩膀，让她侧过身来看看过山车、激流勇进、小卖部和礼品店，空气中爆米花的甜味盖过了海水的咸味，"这儿是游乐园，让我们试着乐一乐吧。"

"实际上吧"——她指着小册子——"这儿也是学习中心。"

"来吧，博士。现在先玩，等会儿再学。""博士"是维克小时候给格温取的外号，因为格温6岁时就宣布自己总有一天会像她爸一样成为皮尔斯博士。维克眼巴巴地看着游乐设施说："我有个计划：我们可以先用棉花糖把自己搞得黏黏的，再去玩激流勇进把自己冲干净，然后去吃玉米热狗和大块椒盐脆饼，吃到撑。就先乐一乐，如果还有时间，我们再去看看展览什么的。"

"玩一整天？"格温穿着凉鞋，坚定地站在漆成蓝绿色的混凝土地面上，"我是老大，卡普叔叔说我可以先选。"

第一章

她的堂弟生气地说："哼，也就比我大了5个小时，有什么了不起的，我们都14岁了，5小时才占14年的百分之几啊，不要老拿这个压我。再说了，我身体比你壮。"格温和维克这对姐弟都有多年的竞技游泳经验，身材都很苗条健美，但最近维克猛窜个子，比格温高了一大截。维克指着一个激流勇进装置，它看起来有三层楼高，酷似定格住的水泥波浪，下面就是闪着蓝绿色波光的水池。他问道："那玩意儿看起来是不是很酷？"

"它看起来很潮。"格温挣脱了维克的手，"展品会更……"

皮尔斯博士插话道："作为这艘船的船长，我提议折中，先在这儿买点油炸拉丁果，带着在去南太平洋王国的路上吃，然后我们坐波纹传送带穿过水族馆的水下通道。"

格温从维克那儿拿回了皱巴巴的地图。"如果是那个周围有各种微缩火山的水族馆——那我就去！"

维克的爸爸皮尔斯博士递给他们每人一根油炸拉丁果。"你就是这样，如果不那么固执，肯定能有更多收获。"维克坏笑着说。维克在格温面前晃了晃拉丁果，没注意到糖粒洒在他印有疯狂科学家联盟的黑色翻领衬衫上了。"真是神仙般的享受，满满都是肉桂、油脂以及碳水化合物。"

格温一本正经地走在维克身边，维克和他爸两分钟就吃完了拉丁果，格温则是小口小口地咬着吃，跟着他们走上缓坡前往水族馆。

"嘿，我在想海洋王国有没有意见箱，"维克闲聊起来，他经常说些没由来的话，"要是能在这儿滑冰、骑自行车或者滑滑板就好了，我们赶路速度能更快，还能玩更多游乐设施。"

"还能看更多展览。"格温补充道。

水晶门：岛屿之国

卡普叔叔一边思考一边用手指轻敲下嘴唇。"维克你好好想想。那样可能会发生更多事故，使游乐园的保险费变高，从而使门票变贵。那样还可能会导致交通管制、人员受伤，也对老年人和不能骑自行车、不能滑冰的残障人士不公平。如果游乐园配备了这些设备，还可能会出现很多问题，像是各种尺码的滑冰鞋与各种大小的自行车需备齐，设备可能出故障，设备需维护，需要为滑冰的人提供安全装置与更鞋场地。还有很多延伸出来的事情。"

格温笑了，这是卡普叔叔一贯的逻辑。一有什么问题，皮尔斯博士就会一直思考，直到找到解决问题的办法，而这些办法经常是出于本能或者全靠自己摸索找到的。维克和他爸在这方面很像。相反，格温解决问题时更习惯精心计划、有条不紊，尽管不是每次都能更成功地解决问题。自从一场离奇的车祸带走了格温的父母，她就通过这种组织架构的思维策略使得自己的世界有秩序、生活有意义。

因为她没有其他亲戚，卡普叔叔——她爸爸的同卵双胞胎兄弟——让格温从加利福尼亚州的伯克利搬到靠近圣地亚哥的霍克斯山，来和自己、维克住在一起。格温父母去世得十分蹊跷，维克的妈妈——卡普叔叔的妻子，也在车祸一周后失踪。没人知道她去了哪里。

受意想不到的悲剧影响，卡尔顿·亚瑟·皮尔斯博士、维克和格温组成了一个新家庭。两年来，格温和维克这对"双胞胎堂姐弟"——在同一晚出生，相隔仅几个小时——几乎像亲姐弟一样长大。他们一起进入斯蒂芬霍金高中读书，一起上许多门课，有很多共同的朋友。

第一章

"也许吧,"维克没被说服,坚持地说,"但那样的话,我们还是能更快地到处走走。"

格温抬头,那双紫色的眼睛望向天空,向上天祈求让维克多点耐心。"你着什么急呢?也许走路就是观赏这个游乐园最好的方式。"格温在心里列了张清单,边说边伸出一根手指表示一点理由,同时用她吃了一半的油炸拉丁果指着代表每点理由的手指,"第一,在这儿大多数人可以通过走路来锻炼身体——想想油炸拉丁果之类的零食有多少卡路里!"她把油炸拉丁果转了一圈,又指了指中指,"第二,海洋王国的设计师花了好几百万美元来开发海洋主题,营造整体氛围。"

"你说的是把混凝土涂成蓝色这种事情吗,这样它看起来,额,更像是水?"维克哼了一声。

格温没搭理维克插的话。"如果游览得很快,你就无法充分体验游乐园的氛围。打个比方,我们走去南太平洋王国的一路上,四周逐渐增加了那个地区独特的文化象征。"

"哦哦!火山!"维克指着小路旁一座圆锥形的小山。微缩火山每隔几秒就爆发一次,喷出来的"熔岩"实际上只是水,下面有红光照着。

"看到没?如果你踩着滑冰鞋或者滑板路过会错过很多氛围布景,"格温说,"就像这些微缩火山。"

"还有这些商店,"卡普叔叔指着那些随处可见的茅草屋,店名有复活节岛商人、波利尼西亚玩具等,"店家可不想让游客路过得太快。"

"另外,还有岛上的音乐。"藏在棕榈树中的音响飘出尤克里里乐曲,格温像挥指挥棒一样挥动着油炸拉丁果,假装自己是音

· 005 ·

水晶门：岛屿之国

乐指挥家。然后她用油炸拉丁果碰了碰无名指。"第——"

"七？"维克意图打乱格温的思路，这是他常玩的把戏。

格温瞪了维克一眼来警告他。"第三，游客是来度假的，他们和亲友是来摆脱快节奏生活的。从一个王国走到另一个王国，他们的假日就能过得更轻松惬意。"维克假装拉小提琴来为她伴奏，以此嘲弄她严肃的语气，格温紧接着开始讲下一点理由，"第……"

"古戈尔？"这是维克能想到最大的数字，一个一后面跟着一百个零。

"第四，"格温试图用眼神让维克放弃，"游乐园的大小无法让所有游客同时玩游乐设施或者同时参观展览。因此，步行能让人群在点与点之间分散开。而加快赶路速度只会造成更严重的堵塞。"

卡普叔叔点了点头。"格温说得对。步行还能让游客有机会大吃特吃他们本来不会吃的东西，买他们本来不需要的纪念品。"

格温笑了。"说的也对。还有——"

"14B？"维克哼了一声。

格温假装恼怒地拍了拍堂弟的肩膀，维克的举止常常显得他比格温小了不止五个小时。"第五，你这个笨蛋——"

她没法收尾总结了。他们已经到了南太平洋王国。"挑块贝壳站在上面。"卡普叔叔把他们赶到传送带上，"快点。"

"请注意脚下。"一个机器人的声音从巨型多刺岩虾模型内的音箱传出。

传送带把他们送进了隧道。通过透明的拱形屋顶，水族馆周围的壮观景色尽收眼底。飞驰而过的海洋生物吸引了两个小孩的

第一章

注意，格温很快就忘记了心里的理由清单，维克也不再不耐烦地抱怨。

展出的珊瑚礁上长满了海胆、褶边海葵和层层叠叠的黏糊糊的海藻。格温研究着这些生物，靠贴在玻璃上的标签和图画来识别它们：虾、海马、海星、海鳗、五彩斑斓的扳机鱼、海扇，色彩艳丽、形若羽毛的海百合，鲨鱼正缓缓地游离，条纹狮子鱼舒展着有毒且带刺的鳍，橙白相间的小丑鱼和斑马纹神仙鱼在大块海绵中游弋。

水下的奇景令格温和维克着迷，一时间把他们带到了另一个世界——正如格温希望的那样。

第二章

虽然一路走得很累，坐激流勇进被淋湿了，吃太多垃圾食品感到恶心，但是格温在海洋王国真的玩得很开心（不仅仅是因为学到了东西）。好像自从她失去父母这么长时间以来，那些苦乐参半的回忆仍然在不经意间回到她的脑海。她好希望爸妈也能在这儿。

卡普叔叔采用他自称的符合人类学原理的合理方法来维持格温和维克这对堂姐弟之间的和谐：在他们离开水族馆之前，格温和维克各自选择了他们最想参加的活动，然后皮尔斯博士根据活动地点来安排游览路线，避免不必要的折返。一旦有小孩抱怨另一个小孩的选择，就会导致路程中出现多余的折返。

他们三人看到了巨型水钟，参观了海带床实验，用水炮轰击了目标，然后还玩了飞浪漂流。玩飞浪漂流时格温的粉红色T恤和白色短裤都被浸湿了。维克浓密的棕发也被淋湿了，干了之后变得一团糟，不过他好像没有注意到。

第二章

玩了好一会儿，卡普叔叔提出去大剧院看四点钟的海洋奇观节目，有海豚、海狮和虎鲸表演。维克和格温因为不同原因也都愿意去。进入圆形剧场后，格温急忙去前排占好位置。维克忍不住取笑她："你不会是想坐得近到能闻到鱼腥味吧？"

"我是想坐得近到你能被溅到一身水。"

"晚了，"维克扯了扯湿透的T恤，"已经湿透了。"他们在第二排找到了靠近坡道的座位，训练员和演员将经过这个坡道登台表演。露天剧场挤满了年轻情侣、老年人、嬉笑的青少年、带着小孩或是推着租来的婴儿车的夫妻，格温的目光扫过一排排的长凳看到表演池中蓝得透明的水、布横幅上画着受过训练的虎鲸修鲁。格温看了看表，又过了十分钟。

这时，格温感到两年来前所未有的轻松。有时，卡普叔叔总是让格温想到自己的爸爸，她甚至觉得爸爸根本没死……这让她很苦恼。接受卡普叔叔和维克，与他们成为家人，她算是背叛了自己的父母吗？类似的想法总是让格温清醒又不安，但是她看到和爸爸如此相似的卡普叔叔又怎么能无动于衷呢？

卡普叔叔和爸爸雷金纳德·伊凡·皮尔斯——朋友们都叫他"瑞普"——主修相同的专业，都拿到了人类学和古代史的学士学位。两兄弟为了独立都各自努力了，卡普叔叔去了空军，瑞普去了海军陆战队，但是他们服完兵役后都申请去伯克利读研究生，成为了室友，并拿到了历史人类学博士学位。

在墨西哥尤卡坦半岛的茂密丛林里进行考古挖掘时，一对充满异域风情的美丽姐妹花突然出现闯入了兄弟俩的生活，她们就是卡亚拉和福耶拉，后来成为了维克、格温的妈妈。她们现在都不在了。格温想念她的爸妈，她知道维克肯定也想念他失踪的妈

水晶门：岛屿之国

妈，不过她至少还有可能活着……

海洋动物表演终于开始了，这让格温的思绪从伤感中抽离出来。录制好的音乐从音响中响起。主持人是一位男性，他皮肤被晒成棕褐色，有着一头黑色卷发，笑容可掬，他正站在表演水池上方的平台上。水下大门打开，六只形似子弹的灰色海豚飞快游出，表演起水上芭蕾。女训练员身穿紧身泳衣游在海豚身旁，抓着它们的鳍。海狮群表演滑稽节目，将沙滩球弹来弹去；一只大海象的加入令表演更加有趣。

维克被主持人老土的笑话逗得哈哈大笑，而格温正像个海洋学家一样观察这些海洋动物，研究它们如此适应水下生活的特性。这些海洋动物的聪慧和卓有成效的训练给她留下了深刻的印象。

其他表演者离开水池后，一只黑白相间的生物游出迎接观众的夸赞与喝彩。它就是虎鲸修鲁，它一出现，旋转着跃向空中，再潜入水底，格温就知道它为什么是这场表演的明星了。修鲁的特技表演十分精彩，它理解与执行指令的能力惊人，大大惊艳了观众。格温想到，如果维克也能这么听话，他在学校一定能表现得更好！

卷发主持人邀请一位观众来当志愿者。格温正环顾四周看谁会被选中，维克抓住她的手臂就挥向空中。"这儿！我堂姐想上台！"

格温试着把手臂抽回来。"不，我……"

"在这儿！"维克大喊道，用手肘顶他堂姐。"上啊，博士。你可是想当海洋学家的人。这是你近距离接触海洋动物的大好机会。"

格温不是真的不想上台当志愿者，她只是不喜欢被迫做计划

第二章

外的事。在她想到拒绝的理由前，主持人指向了她。"我不知道他们俩谁更热情，但我们的志愿者已经诞生了。小姑娘，请加入我们！"

观众纷纷鼓掌。有些举了手的小朋友露出失望的表情。卡普叔叔对着格温笑了笑，笑里带着鼓励的意味，格温犹豫地站了起来。

"快一点！"主持人提醒道，"修鲁饿了。不要让它等零食啊。"

格温感觉自己正走向坡道，就像在做梦。当她和维克都更小的时候，他们的妈妈曾传授他们*自御之法*，这是一种集合了平衡、观察、逃避和即兴发挥等非常规技巧的自卫方法。虽然这种自卫方法要求沉着警觉，但此刻格温觉得自己一点也不自信大方。

训师领着她来到主池边的坡道上，那里有准备好的一大桶鱼。格温觉得这个训师很可爱，身材像救生员，皮肤是漂亮的棕褐色，头发是偏红的金发，蓝眼睛正专注地看着她。这会儿，所有人都看着格温，她感觉分外别扭。训师跳上平台，伸出手。格温拉着他的手走上平台，来到他身边，注意到自己几乎和他一样高。训师问过她名字后，点了点衣领上的麦克风说："请大家把最热烈的掌声送给格温多琳·皮尔斯，她将帮助我进行一些……和鱼有关的活动。"

观众席传来一阵笑声。有那么一刻，听到音响里传出自己的名字，格温很高兴。她转过身瞥见维克正咧着嘴笑，而卡普叔叔微笑着，笑里带着沉思。是悲伤的微笑吗？他在想念失踪的妻子吗？格温又为自己的父母感到一阵悲伤。

卡普·皮尔斯和瑞普·皮尔斯兄弟俩在与世隔绝的尤卡坦丛

水晶门：岛屿之国

林中遇见两个美丽女人的故事现在听起来依然很浪漫。"就好像卡亚拉和福耶拉是从天而降的森林精灵。"格温的父亲曾这样告诉她。

这对姐妹一点儿也不像双胞胎。卡亚拉是维克的妈妈，很幽默，身材丰腴，几乎和皮尔斯家兄弟俩一样高。她有一头飘逸的黑发，眼睛像融化的巧克力那样温暖甜美。而格温的妈妈福耶拉为人严肃，要比卡亚拉瘦一点、矮一点，婴儿般细软的亚麻色头发剪到下巴长度。她那灰绿色的眼睛有如波涛汹涌的大海，与她缜密周到的性格相得益彰。姐妹俩都不像当地人。她们说一口流利的英语，能理解卡普和瑞普兄弟俩在挖掘地的深奥工作。

根据父辈所讲的故事，他们视线相遇的刹那，卡普和卡亚拉就被对方迷住了，瑞普和福耶拉就无法分开了。姐妹俩都喜欢大海，尤其是附近的蓝色加勒比海。几周后，两对夫妇在图卢姆古玛雅遗址附近的海滩上举办了私人婚礼。

这对神秘的姐妹帮助瑞普和卡普进行考古项目，她们掌握着神秘的语言知识，不但在与当地村民沟通时很有帮助，而且在理解罕见文物上的标记时也很有帮助。在挖掘地待了三个月后，皮尔斯兄弟带着已经怀孕的新娘们回到了美国。同年五月五日，福耶拉生下了格温多琳·乌玛·皮尔斯；巧的是五小时后，卡亚拉生下了男婴维克多·伊万·皮尔斯。

格温和维克都不太了解母亲的家庭。尽管卡亚拉和福耶拉用无与伦比的爱抚养着孩子，但不愿谈论她们的过去。格温一直怀疑爸爸和叔叔知道的比他们透露的要多得多——现在说这些都太晚了。格温觉得一切都太神秘莫测，像童话故事，并执着于奇怪的方面……

第二章

"好了，修鲁！"主持人的声音从音响中传出，"该吃饭了。"修鲁独自待在大水池里，像饥饿的小狗一样为晚餐而激动，从水池的一端游到另一端。

训师把手伸进塑料桶拽出一条死鱼递给格温，把她从回忆中惊醒。她对鱼类或者黏液没有洁癖，未来的海洋生物学家是不该有洁癖的。格温从训师手中接过鱼，训师对她笑了笑。她抓着鱼尾上的尾鳍，端详着鱼，想要看出它的品种。

当格温再次看向卡普叔叔和维克时，她注意到有个奇怪的男人坐在他们后面两排的位子上。不知道为啥，他的眼睛看起来不太对劲，浓密的双眉紧皱着，仿佛在强烈地期待什么。一股寒意顺着格温的脊背滑下。为什么那个男人让她觉得毛骨悚然？其他观众都在欢呼、吹口哨，但那个男人只是盯着看。

可爱的训师清了清嗓子。"格温多琳——如果我是你，我会专注于正朝这边游过来的巨齿虎鲸。"他在平台上的低语在音响中响起。所有人都哈哈大笑。

格温尴尬得红了脸，连忙转身面向虎鲸，在心里自责。她从未如此接近大型的海洋哺乳动物。她的梦想成真了！

修鲁从水池的一端游到另一端，在游过之处拍出大团泡沫。这只虎鲸似乎很激动，格温也能从那位牵着手的训师身上感觉到一丝不安。训师想掩饰不安继续表演，但是格温能从他脸上看出担忧。

"像这样抓着鱼，荡在平台外。"训师将格温领到平台边上，格温把湿淋淋的零食伸出平台，让它悬在水面上。

她以前见过这种表演，知道会发生什么。虎鲸会跃出水面，像亲吻一样轻轻地把鱼从她手中叼走，很可能还会溅她一身水，

· 013 ·

水晶门：岛屿之国

逗笑看台上的观众。

但是修鲁就像黑白相间的鱼雷一样游了过来。它从水下游来，嘴巴大张着露出锋利的白牙。腥臭的气息向着格温扑面而来，闻起来就像海鲜餐厅里堵塞的下水道。

修鲁向上游得太快了，离格温越来越近。看起来就像它要去攻击她！不应该发生这种事情！她放掉了手中的鱼，但虎鲸没有理会鱼，还是扑向她。

训师反应很快。"小心！"他奔到平台边上想拉着格温离开，但是没拉到人，因为格温已经动起来了。她的身体本能地记住了妈妈曾教她的*自御之法*。她向后跳到平台边上，抓住栏杆，跳到了安全的地方，而此时虎鲸正撞上她刚刚还站着的坡道尽头。格温瑟瑟发抖地看着修鲁跌回水池里。虎鲸游走时看起来很迷惑，就像刚刚醒来却不知道自己身在何处的梦游者。

训师手忙脚乱地站了起来。"你没事儿吧？"

"那真的是表演的一部分吗？"格温气喘吁吁地问。观众发出惊呼。一些观众面色紧张地笑了笑，说服自己这场"意外"是为表演增添惊险刺激的。卡普叔叔和维克从剧场看台朝她走来。

主持人试图掩盖这个失误，声音却显得犹豫。"看起来修鲁比我们想象中还要饿。"他强挤出浅淡的笑容。

格温点点头表示自己没事，然后回头看向看台上激动的观众。奇怪的是，她注意到那个奇怪的浓眉男人正静静地坐着，没什么情绪，而其他观众都很关注平台上的情况。如果硬要说有情绪的话，他似乎很失望……

卡普叔叔和维克冲向她，担忧地问了她很多问题。她再次抬起头时，那个男人已经悄无声息地溜出圆形剧场了。

第三章

观众全都离开圆形剧场后,一个穿着海洋王国制服、打着领带、面色红润的男人急忙向他们走来。"小姐,对于修鲁糟糕的表演给您带来的不便,我深表歉意。我保证修鲁之前从来没有像今天这么失态。幸好只是一场小意外。"他一边极力摆出真诚的神色,一边却轻描淡写地说着格温刚刚面临的危险。

小意外?不便?这个男人说得好像虎鲸只是往格温身上泼了一点水而已。格温的膝盖微微打战,似乎才反应过来她差点被咬了。

"你应该从我们坐的地方看看!"维克插嘴道,声音听起来兴奋大过害怕,"嘘,虎鲸的下颌就距离她一两英寸!"

"让你们感受到了忧虑,我向你们道歉,"管理员说,"请你们冷静下来,之后请接受我们的款待。我带你们去贵宾室,那儿有我们最好的点心。"格温的胃已经因为之前吃过的垃圾食品而感到一阵恶心。再吃一轮点心听起来并不怎么吸引她。

水晶门：岛屿之国

卡普叔叔似乎有点焦虑。"真的没必要，"他告诉管理员，他的声音听起来陌生而冷淡，"这不是修鲁的错。"他不停地环顾四周，看着最后几个观众离开看台，仿佛还有新的危险向他们袭来。格温想，卡普叔叔是不是也见过那个令人毛骨悚然的男人。

"我宁愿马上回家。"格温承认道。

"当然，当然！"管理员说，"但请让我们表达一点心意。任何人都不应该带着不愉快的记忆离开海洋王国。我可以送张公园的免费年票，还可以送公园入口附近商店里的你们想要的任何纪念品。"

管理员带着他们离开圆形剧场，赶到附近的**水上商店**。"小姐，你现在就逛逛这里。年轻的先生，你也是。挑件纪念品——让今天更加难忘！"他发出一声牵强的轻笑，"我要跑回办公室拿几份要签的文件给你们。别着急，慢慢逛。"

格温知道这个男人只是想确保她不会对海洋王国提起诉讼。她的叔叔当然意识到了管理员正在做什么，但他似乎心神不宁，露出了前所未有的凝重神情。格温咬着下唇。"这是场意外吧，卡普叔叔？"

一场独一无二的意外……就像那场带走她父母的神秘车祸。**意外**。连警察都被难住了。她父母的车从太平洋沿岸崎岖地带的一座高桥上掉下去了。他们没有开车离开过高速公路，但却从高速公路上掉了下去。几根大梁和支撑板消失了——没有掉下去，没有折断，也没有开裂。只是……消失了。

卡普叔叔摇了摇头，显然很不安。

"我觉得——我觉得我感觉到了什么，"格温说，"我看到一个奇怪的男人，就坐在你们身后不远处的座位上，眼神莫名其妙

第三章

的不太对劲。他一直盯着我,就好像他知道有什么事要发生一样。"

卡普叔叔的脸黑了一下。"我们得回家了,孩子们。我们最好尽快离开这里。不知道……"他的声音变小了。

维克在运动衫、毛绒海豚玩具、塑料修鲁玩具、T恤、拼图中翻找着。"等一下,爸爸。那个人说我们可以在这儿挑想要的任何东西。我会搞快点的。"

"好吧,尽快。"卡普叔叔似乎仍很冷淡,而且不知为何他的目光停留在格温脖子上总戴着的皮绳拴着的五边形徽章吊坠上。她妈妈在她出生时把这个五边形徽章吊坠给了她。维克的妈妈也给了他一个几乎一模一样的徽章吊坠,维克把它作为装饰品挂在钥匙串上。

徽章吊坠是五边形炫彩金属片,一分钱硬币大小,像纸一样薄,刻有奇怪的环形和尖角形线条。福耶拉和卡亚拉从来没有解释过它们的意义,但格温总是对这些不寻常的符号很感兴趣。

在*失落的春天*之后——卡普叔叔把格温父母去世和卡亚拉失踪后的三个月叫做*失落的春天*——卡普叔叔开始沉迷于异域符号。他放弃了终身教授职位,在一家当地博物馆担任馆长,并将大部分业余时间用于研究徽章。他将这些符号扫描进电脑中,并在全球范围内寻找相似的符号,寻找线索来帮助他找到失踪的妻子。但是他一无所获……

维克花了不到三分钟挑好了他要的纪念品,是一件扎染成绿色和蓝色的垫肩背心,上面写着:

海洋生物

看见生物游泳

水晶门：岛屿之国

游泳，生物，游泳

格温仍然因为刚才的经历而感到心慌，为选择纪念品苦恼了整整十五分钟，而维克则是把重心在两只脚间移来移去。"**快点，博士**。在你挑的时间里，我都能用一只油桶和几台电扇造出一艘能工作的潜艇了。"他无聊地挠起手臂上的蚊子包，直到挠出了血。他问柜台后面的女店员要了一张创口贴。

终于，海洋王国的管理员回来了，仍然满脸笑容，带着季票、一袋"贵宾好物"，以及——几乎是马后炮的东西——让他们签字的协议。

卡普叔叔签下协议的速度快到令格温感到惊讶。"别担心。"他看起来就快把管理员推到一边，"来吧，孩子们。我们真的要离开这里了。"他再次非常警惕地环顾四周。

"我还得挑点东西。"格温将选择范围缩小到了两件东西上，一件是用闪闪发光的银色泡泡拼成大写*海洋公主*字样的浅粉色吊带背心，另一件是带有相同设计的淡紫色连帽运动衫。

维克低声说："运动衫更贵。就拿那件。"

旁边的海洋王国管理员无意中听到了维克的话。"请把这两件都带走吧。我建议。确切地说——"他拿起两件带有刺绣标志的深绿色拉链羊毛夹克，递给了维克和他爸爸，"把这些也带走吧，也带上我们最衷心的祝福。"

简单道谢后，卡普叔叔带着他们穿过熙熙攘攘的人群来到停车场。维克已经在计划他们下次用季票来要怎么玩了。"我不担心这个，"他的爸爸说，"我不知道我们下次什么时候再来玩。"他迅速回头看了看，就好像有人在跟踪他们，"我决定我们应该低调一段时间，不要露面。实际上，我们可能……"他的声音戛

第三章

然而止。看到他痛苦的表情,格温在想他是不是突然想起了他的妻子是如何消失的。

"卡普叔叔,怎么了?你在说什么?"

维克的眼睛也睁得大大的。"咦,这和昨天到的那些大木箱有关系吗?"

格温知道她的叔叔对于这批货物的到来很兴奋——各种各样奇特且昂贵的水晶。他似乎不太可能这么快就收拾行李驾车离开。她怀疑观众席上那个令人毛骨悚然的男人是不是也与此事有关。也许他是有竞争关系的研究员?

"是的,一个重大的突破……我希望。我会在早上三点三十分叫你俩起床——现在不要抱怨。这可能是关键点……好吧,让我们拭目以待,看看它是否奏效。"

"看看什么是否奏效?"维克问。

卡普叔叔的声音有些激动。"我需要你俩待在我能保护你们的地方。收拾一个过夜包——装上换洗衣服、牙刷、书——剩下的我来处理。我们要趁早离开,但在那之前我还有很多工作要做。"卡普叔叔为他们打开了车门,"今天发生了这种事,我的当务之急就是安排好一切。"

第四章

　　格温的闹钟在第二天早上3:30响起,尽管"早上"这个词对于这个时间点来说可能过于乐观了。在海洋王国忙碌了一天,更别提差点被虎鲸吃掉了,格温筋疲力尽,早早就睡了。事后,她仍然很激动,甚至为卡普叔叔流露出的明显忧虑而更加激动。因为他没有给出任何解释。

　　明白要在黎明前起床,格温给了叔叔晚安吻便上楼睡觉了。而卡普叔叔意志坚定地继续忙碌着,将成箱的水晶拖进日光浴室,日光浴室就在客厅旁边,面积很大,墙面由玻璃制成。格温心神不宁地往黄色旅行袋里装了一些东西,换上新内衣,调好闹钟,扑到床上,马上就睡着了。

　　尽管叔叔答应叫醒他们,但格温还是自己设好了闹钟。她的父母一直教她要自力更生。她仍然记得妈妈的话:"如果某件事对你很重要,不要依赖任何人。自己去做。"

　　格温睡眼惺忪地离开被窝,戴着吊坠,穿着内衣。她下身穿

第四章

上一条白色九分牛仔裤,上身穿上一件新的粉红色吊带背心,一边穿一边想卡普叔叔会开车带他们去哪里。空气中紧张的气氛告诉格温,这不会是一次惊喜"假期",尽管学校还要再过一个月才开学。她匆忙穿上淡紫色的海洋王国连帽衫,此时头发乱糟糟的维克正好出现在她门口,穿着海洋生物背心、旧牛仔裤、敞开的绿色羊毛夹克、黑色范斯滑板鞋,肩上挎着一个小背包。"我是不是睡过了?爸爸来叫我们了吗?"

"他还没有来叫醒我们。"格温把脚伸进一双白色凉鞋里,"我在想他昨晚到底有没有睡觉。"

"你看到他正在拆箱的那些大木箱了吗?它们看起来就像地质学家的宝箱,"维克说,他和格温都继承了他们母亲对各种晶石的热爱,"天哪,爸爸做项目时可以同时对地震和日食都无动于衷。"

格温拿起旅行袋。"那么他可能没有意识到现在几点了。我们去把东西放到车里。知道我们要去哪里吗?"他们压低声音,在黎明前的寂静中安静地走着。

"这是一个惊喜——一次冒险。"维克总是比格温更擅长应对变化。

"你觉得你爸已经在外面了吗?"格温问,"我没听到他声音。"

"别担心。我有钥匙,"维克一边低声说,一边把挂着徽章的钥匙链和小LED手电筒(那是格温送他的十四岁生日礼物)一起塞进牛仔裤的前袋里,"以防万一爸爸把自己锁在外面。"

"那就和我们反过来了。"在过去的一个月里,姐弟俩有两次决定半夜去邻居家的室外泳池游泳,却不小心把自己锁在了屋

水晶门：岛屿之国

外。第一次，他们用门口陶土花盆下的备用钥匙救了自己，但维克忘记把备用钥匙放回去了，因而再次荣获"**分心博士**"的绰号。第二次，他们不得不叫醒卡普叔叔让他们进屋。不过今晚，他们已经做好了准备。

他们慢慢走下楼梯向车库走去，这时他们听到了从日光浴玻璃房传来的低鸣。他们惊讶地对视了一下，不再朝屋外走，而是朝着声音的方向走去。

当他们走近时，格温看到她的叔叔在房间里调整、摆弄大量明净的石英晶体。皮尔斯博士花了很长时间来校准这些晶体的角度。

"爸爸为什么还在摆弄这些？"黑暗中，维克眯起眼睛看了看发光的手表，"我们不是应该去什么地方吗？没时间再做实验了。"

格温把黄色旅行袋扔在地板上。"我有一种感觉，他还没准备好出发。"维克把背包放在格温的旅行袋旁边，他们走向门口。

透过玻璃天花板，黎明前的天空中星星闪烁。皮尔斯博士在地板周围布置了镜子、棱镜和透镜，并将它们安装在了玻璃墙上。他始终不放心这些镜面的摆放，一直调整着它们。"钥匙。"他一直看着手中的一张羊皮图纸，"我还需要一把钥匙！"

格温知道叔叔有多么讨厌在专心致志时被打断。不过，维克不会因此而内疚。"嘿，我有钥匙。"他从牛仔裤口袋里掏出钥匙链，走进了日光浴室。

格温赶紧跟在他身后。"卡普叔叔，你不是想——"

当踏入四周摆放着水晶的日光浴室时，他们已经适应了黑暗的眼睛突然被一道明亮的光线晃花了，这道光线是被棱镜和镜子

第四章

折射和反射出来的。格温和维克周围的空气像无数光的玻璃碎片一样耀眼。格温的鼻孔里充斥着盐和臭氧的味道。她只能看到叔叔在灯光映衬下的轮廓。维克抓住了她的手臂。

皮尔斯博士喜极而泣。"成功了!"一道闪光短暂地照亮了他的脸,格温看见他试图伸手去触碰她和维克,随即又露出沮丧的表情,"等等!维克、格温,我们必须一起去!我的卡亚拉——"

格温周围的晶石在旋转,切面发出的光令人目眩。她仍然能感觉到堂弟的手搭在她胳膊上,周围的一切都变得模糊:房间、水晶、她叔叔的轮廓,甚至维克。在慢动作中,格温感觉到自己在下坠,仿佛随着宇宙冲进下水道被一起卷走。就像在海洋王国玩激流勇进时感觉最糟糕的时候——

维克喊了一句她听不懂的话。砰的一声,他的声音突然断了。片刻之后,格温的头撞到了某个冰冷、平坦、坚硬的东西,她唯一看到的星星是她脑袋里的。这些星星很快就消失了。

第五章

等维克抽痛的大脑恢复清醒后,房间停止了旋转。他四周充斥着听不懂的喊叫声,那是说着奇怪语言的男性声音。有人在按铃……或许只是他的头在嗡嗡作响。

"哎哟。"因为大喊大叫会让他更难受,他只能压低声音。维克发现自己躺在一个又冷又硬的东西上——他不想睁开眼睛,盲猜是日光浴室的西班牙瓷砖。在经历了令人恶心的坠落后,坚硬的地板让他感到踏实。

他闻到一股奇怪但不讨厌的味道。他试着深吸一口气,然后咳嗽了一声。火?来自点燃的某种带香味儿的东西?他爸爸的水晶阵在日光浴室里爆炸了?维克命令他的眼睛睁开,但一阵没由来的困倦让他的眼睛只能继续闭着。

如果房子着火了怎么办?喊叫声来自消防员吗?如果格温和他爸爸都昏迷了怎么办?如果他自己的睡意是吸入烟雾和窒息的征兆呢?他要动起来。没时间思考了。

第五章

维克费力地撑起四肢，想起了好朋友乔丹的警告。乔丹在当地消防站做志愿者，放学后去，每周两天。"千万不要在充满烟雾的房间里站起来。身体尽量趴低点。"

为了找格温和爸爸，维克终于睁开眼睛，然后眨了好几次眼睛。空气中确实充满了烟雾，但烟雾是不同颜色的，有淡黄色、紫红色、蓝绿色、橘红色和翠绿色。明亮的日光从高处照进房间。日光？难道他真的昏迷了好几个小时？

维克又咳嗽起来，眨了眨眼，低伏着身子向前爬，喊叫声继续灌进他的耳朵。正当他发现格温穿着凉鞋的脚时，一双强壮的手抱住了他，把他从烟雾中推开。片刻之后，格温出现在他身边，被一个身型高大、胡子刮得干干净净的年轻男人扶着。这个年轻男人有着深棕色的头发、浓密的眉毛和晒得黝黑的皮肤。

抱着维克的男人有着飘逸的白发、粉红的脸颊、络腮胡，就像古典画作中的摩西——又像是穿着天鹅绒长袍的圣诞老人。他穿着带有银色斑点的黑色长袍。那个年轻男人穿着及膝的束腰外衣，令维克想起了角斗士电影中有着古铜色皮肤的罗马士兵。

维克和格温都靠着冰凉的大理石墙。*大理石？* 两个男人举起手用奇怪的语言说了些什么，但言语中的意思很明确：留在这里。

年轻男人从地上的篮子里拿出叠好的毯子去扑散烟雾，而白胡子男人展开一张羊皮纸色的卷轴，开始用洪亮的声音读了起来。

隔着这两个显然救了他们的男人，格温呼喊起来。"卡普叔叔，你在哪儿？"没有人回答她，"泰兹，这是怎么了？"她问维克，用他取自卡通角色旋风狗泰兹的昵称来称呼他。

水晶门：岛屿之国

"我不知道，但我打赌我能弄清楚。"突然间他有了答案。他大声笑了起来，这让他又被烟呛到咳嗽，"放心，这只是一场梦。我们很快就会醒来。"

她甩给他一个讽刺的眼神。"你可能会梦到自己在这样的地方，但我肯定不会。"

维克模仿着她讽刺的样子。"经典奇幻悖论，纳米大脑。我只可能梦到你。"

"哦，那他们是怎么弄明白的——我的意思是在书和电影里？互相捏脸？"听到这话，维克伸出拳头打了一下她肩膀。"嘿！"格温揉了揉胳膊。"笨蛋，肯定被你打出淤青了。"

"你看，打人会疼，但这说明不了什么。有个更好的测试方法，"维克继续说，好像他没有听到格温的话，"告诉我一些我不知道也永远想不到的事吧。"

格温咬着下嘴唇，而又像摩西又像圣诞老人的那个家伙正在用奇怪的语言唠叨着。"这个听得懂吗？'三月之旱天置植物于死地，四月之丰雨赋果实以甜蜜，润万叶以淅沥，赐百花以生机。'"

维克摇了摇头。"哇！你现在也在用奇怪的语言说话了？"

"这是乔叟的《坎特伯雷故事集》序幕中的前几行。"

"你说得对，我想不到这个。在英语里是什么意思？"

"这就是英语，只是一种更古老的形式。现在你告诉我某些我永远猜不到的事吧。"

"哦，这个简单。乔丹暗恋你。"

格温的嘴张开又合上。她的脸颊泛起了玫瑰般的红色。"你……你编的。"

维克向她挑了挑眉。"你没想到吧？"

第五章

就在这时,老者的声音静了下来,密布的各色烟雾散去,他们终于能看清了。维克看到他们所在的豪华房间时惊得嘴都合不拢了。他们在的地方绝对不再是日光浴室了。

"我自己做梦都没有梦到过比这更豪华的了。"然后他突然意识到少了什么,"可是爸爸在哪儿呢?"

第六章

　　证据就在格温眼前，她无法否认他们的处境，不管他们的处境是什么样的，它是真实的。尽管看似不可能、不合逻辑，甚至可笑——但绝对是真实的。

　　两个陌生男人站在一堆烧焦的水晶旁边喋喋不休，这堆水晶的布置非常像那道强光来临之前皮尔斯博士在日光浴室里的布置。地板和墙壁上布置着曲面镜、角棱镜和像游乐园哈哈镜一样的宽畸变透镜。

　　房间隐约有种希腊或罗马的感觉，墙壁由大理石制成，门廊是拱形的，窗户大开，入口通道的侧面有支柱支撑着。在椭圆形房间的一端，有一个螺旋状楼梯升向天花板。*我们在哪儿？* 一年前，卡普叔叔带着格温和维克去参观过在马里布[①]的盖蒂博物馆，布置得就像罗马别墅一样。但她回想不起有哪个房间与这间房间相似。

　　格温打量整个椭圆形房间，看到架子上摆满了盖着塞子的小

[①]加州地名。

第六章

瓶子、塞满厚卷轴的架子，还有一张长桌子，上面堆满了羊皮纸、闪闪发光的水晶、更多镜子和棱镜、大块的废金属、各种难以辨认的工具和装满五颜六色液体的玻璃烧杯。巨大的水族箱安置在曲面的墙上，里面装着五颜六色的鱼、奇特的贝类和发光的鳗鱼。

"看起来像是疯狂科学家的秘密俱乐部。"维克说。

"又像是中世纪炼金术士的实验室。我们是怎么来到这里的？"格温揉了揉太阳穴，她那儿刚才撞到了坚硬的地面。她是从哪儿掉下来的？她和维克曾穿过日光浴室的地板。"我们得健忘症了吗？"

维克伸出一只手梳理凌乱的棕发，用表情告诉格温他不是在搞笑。"嗯。我不记得得过健忘症。"

"很好笑。"格温想了一会儿，"但我们是半夜起来的。现在是大白天。我们显然已经错过了两者中间的时间。我们怎么确定两者中间的时间只是几个小时，而不是几天呢？"

"首先，如果我吃完东西后隔了几天，我的胃就会像6.9级地震一样隆隆作响。还记得在海洋王国里，你挑运动衫时很纠结吗？当时我一直在抓蚊子包，他们给了我创口贴。"

"对，"格温说，"一张印有小章鱼的儿童创口贴。"

维克指了指自己的手臂。"同样的蚊子包，同样的创口贴。"他撕开创口贴，下面的蚊子包仍然很大很痛，"看到没？它才刚刚开始好起来。"

"好吧，那么爱因斯坦你怎么解释我们现在的处境？"格温被维克的逻辑激怒了，但更令她困扰的是她自己没有想通。

那两个奇怪的恩人再次站到他们面前。有胡子的男人用手指

水晶门：岛屿之国

摸着太阳穴，又摸了下胸口，然后伸出扁平的手掌充满期待地等着。黑发青年也做了同样的动作，把手放到他和维克中间，掌心朝下且平行于地面。这两个陌生人异口同声地说了一些话，格温觉得一定是在问候他们。

"你觉得我们应该怎么做？"她问维克。

"也许我们应该和他们握手。"

格温瞥了一眼年长男人的手，看起来好像是在伸出手来握手。"那当然要握啦，为什么不呢？"带着笑脸以示友善，格温握住了大胡子男人的手轻轻摇了摇，"很高兴遇到你们。"同样地，维克也握住年轻人的手摇了两下才放手。"我们听不懂你们在讲什么语言。我们讲的你们也听不懂，对吧？"

又像摩西又像圣诞老人的人皱起眉头，然后对年轻人耳语了几句，年轻人就离开了房间。年长的男人示意姐弟俩和他待在一起，他说话的语速慢得好笑，仿佛那会让他的话听起来更容易理解。

格温感觉到男人越来越沮丧。"我是格温，这是我堂弟维克。我们来自美国。"

"我们可能需要一位翻译。你会说英语吗？"白胡子男子回头看着维克，目光中带着兴趣但是没听懂。

"嗯，你会说法语吗？①"格温补充道。

"呃，呃——你会说德语吗？②"仍然没有回应。

"看来是的，我们肯定需要翻译。"格温环顾房间，希望得到一些启发。

---

①此处原文为法语，parlez-vous francais?
②此处原文为德语，Sprechen Sie Deutsch?

第六章

就在这时,黑发帅哥带着一位看起来和维克、格温差不多年纪的娇小女孩回来了。女孩穿着一件奶油色长裙,裙子从肩上顺着她娇小的身体垂下,红棕色卷发垂到腰际。女孩用手指碰了碰自己的太阳穴,又碰了碰胸口,然后伸出手,就像那两个男人做的一样。接着,娇小女孩伸出左手手指摸了摸格温额心。她的名字是莱珊德拉。

格温猛地向后退去,两人不再碰触。"嘿!你说的英语!"

维克奇怪地看着堂姐。"为什么你会这么想?"

格温的呼吸很急促。"刚才她告诉我们她的名字是莱珊德拉。"

维克看起来更加困惑了。"可是她一句话也没说。"他看了一眼红棕发女孩,"格温说得对吗?你的名字是莱珊德拉吗?"

女孩点了点头,指了指自己。"莱珊德拉。"

维克的蓝绿色眼睛一下就亮了,仿佛懂了。"她摸你头时你有没有听到她说了些什么?"

格温想了想。"嗯,没有。确切地说,不是言语,而是——"

"好酷!她是用心灵感应的。"维克抓住莱珊德拉的手,贴在自己的额头上。他的脸上蔓延开欣喜若狂的笑容,他放声大笑起来。

格温凝视着莱珊德拉。这个女孩真的会心灵感应吗?那是不可能的。也许她应该重新想想这一切都是梦——这是她最真实的想法。

尽管如此,她堂弟脸上的高兴并没有消失。莱珊德拉的手从维克的额头上滑落,维克抓住了格温的手臂,兴奋地说着什么。现在她听不懂他在说什么,直到莱珊德拉再次摸了摸她的额头,

水晶门：岛屿之国

然后她突然就听得懂维克的话了。

"——一位翻译和心灵感应者。如果你不再乱动，莱珊德拉可以帮你的意识做好准备，这样你就可以理解他们说的话了！喂，你叫我注意力缺陷障碍先生！"

格温感到很惊讶，她脑内的想法发生了位置的变换。莱珊德拉大声说："我正在帮你的意识做好准备，这样你就能懂我们的共同语言伊兰蒂亚语。因为这个岛是许多世界的连接点，所以我们的祖先创造了一门规则简单的语言，方便来自各种文化世界的人学习和使用。"

格温现在清楚地明白了每个单词，但是仍然不能理解整个句子。关于一座岛的一些事？许多世界？

说完，莱珊德拉把手放回身边，离开了格温。"你现在能听懂我在说什么了吗？"

"当然。这是不是意味着我在——"

"说伊兰蒂亚语？你当然在说了。我在你们脑内放置了翻译中枢，里面包含我们讲话的基本规则和基础词汇。翻译中枢会自动把我们的语言翻译成你能听懂的语言。你们留在我们伊兰蒂亚岛上时，你们的大脑会自动把你们的语言转化为我们的语言——尽管其中的概念对于我们仍然是陌生的。我自己能流利地说11门语言，伊兰蒂亚语是目前为止其中最简单的。要和另一种文化思维进行沟通，那它就是最方便的语言。若是用另一种语言，就需要好几周甚至好几个月的时间来学习。"

"太酷了。"维克说。

莱珊德拉笑了。"在我们这儿，你们的名字是维克斯和格温雅。我可以这样叫你们吗？"

第六章

"我们究竟在哪儿?"格温问,有些东西完全无法理解,"这是什么地方?"

"这些可以等会儿讨论,"大胡子男人插话道,"我是圣者卢比卡斯,这是我的徒弟奥菲恩。"他指了指那个皮肤黝黑的年轻人,"嗯,既然现在你们可以和我们交流了,请告诉我们是怎么来到这儿的。这是我们最想知道的。"

"呃,我们倒是有点希望你们能告诉我们。"维克挠了挠鼻子,"我们也不知道。"

奥菲恩双臂交叉,浓密的眉毛皱到一起。"是有人帮你们打开了水晶门,还是你们发现门开着?"

格温看着优雅的拱形门说:"卡普叔叔正用水晶和镜子做着什么实验,然后出现了一道闪光。"

"你们就是这样通过水晶门来到我们这儿的?"

维克喃喃道:"是的,一场运输机事故。尽管没看到运输机。"

"可是钥匙呢?"奥菲恩提醒道,"你们不可能光凭自己就打开了水晶门。"

维克从他的口袋里掏出钥匙扣徽章。"一把钥匙?你是指这个吗?"

卢比卡斯惊讶地伸手想去拿徽章。"唔,你怎么得到的这个?"

维克把徽章递给他。"在我十三岁生日那天,爸爸说我年纪到了可以拿房子钥匙了。还是你在说小手电筒?"

奥菲恩指着那个五边形的小徽章。"这个。"

"它是我妈妈的。格温有个一模一样的。"

格温把皮绳上的吊坠从运动衫里拉了出来。

· 033 ·

水晶门：岛屿之国

"它由泽利德姆制成，这是一种贵重金属——肯定是的。我之前见过这个符号，"卢比卡斯承认道，"唔，我必须进一步思考这一点。莱珊德拉，你愿意带着客人边四处转转边答疑解惑吗？这样我就有时间翻查卷轴，和奥菲恩商量一下了。"他把钥匙串还给维克，维克又把它放进了口袋里。

少女眨了眨钴蓝色的眼睛应下了，就好像一直被要求做这种事似的。"我很荣幸，卢比卡斯圣者。"

莱珊德拉领着格温和维克来到椭圆形房间尽头的旋转石楼梯。爬上楼梯，将彩烟的气味抛在身后，红棕色头发的少女介绍道："伊兰蒂亚聚集了许多来自远方世界的学者。圣者和学生来这里研究数学、炼金术、魔法、农学、冶金术、哲学、天文。"

他们三人来到沐浴着阳光的白色塔楼顶层的观景台上。空气中弥漫着一股清新的咸味。这位娇小少女伸出双手，指着他们四周的岛屿。"这是我最喜欢的景色。这里不美吗？"

向下看就是格温见过最壮观的异域城市风光。梯田花园、葡萄园和果园遍布陡坡和岩石山丘。街道沿着斜坡上蜿蜒而上，两旁挤满了粉刷过的建筑物。纯正的蓝绿色海水越接近世界的边缘颜色越深，变成天蓝色，而蔚蓝的天空中点缀着几朵棉花般的云。各色船只驶过岛屿的港口，从避风的水域行驶到开阔的海洋。格温为了看到全景转了整整三百六十度。

维克在她身旁说，"嘿，桃乐丝[①]，我再也不觉得我们在堪萨斯州了。"

"这是肯定的，"格温要笑不笑地说，"我甚至不确定这地方有没有堪萨斯州。"

[①] 美国儿童文学《绿野仙踪》女主角。

第七章

在他们吸收关于伊兰蒂亚的信息时,维克想知道格温是不是在组织合理的解释。维克通常不会过于惊讶,但此刻他的大脑运转得太快,想法来不及组成词语,更别说句子。

这个岛是维克见过最酷的地方。他只希望他的父亲可以和他们在一起。维克非常肯定皮尔斯博士没事——毕竟,被吸进陌生新世界的是*他们姐弟俩*!——但现在他的父亲一定非常担心。

他的思绪跳到了另一个问题上。他的父亲是否*预计*到会发生这种情况?他总是在谈论他的重要实验,他设置了一个与卢比卡斯实验室里非常相似的晶体阵列。就在那足以灼烧视网膜的灼热光线照亮整间日光浴室时,他的父亲喊道:"卡亚拉。"他之前是一直在*试着*用水晶做实验好把维克和格温送到这儿吗?

尽管维克很难在学校里集中注意力,但他的头脑很敏锐,可以综合所学的点点滴滴——演讲中的片段、课本中的短语、记住的经历——来得出合理的解释。自夸为"数据分析专家"的维克

水晶门：岛屿之国

用他不可思议的直觉来搞懂事情的发展。他凭感觉做事，经常比其他人更早发现事物之间的联系。他如果真的对某事感兴趣，也可以自学。他甚至没有上过课就学会了弹吉他。

当然，他非正统的方法让他陷入过困境，他相信自己的直觉，经常在看到什么之前就先跳了起来。许多老师对于帮助他已经不抱希望了，有的老师甚至让他静坐着不要动。在数学课上，他经常因为无法写出正确的解题步骤而失分。他只是"知道"正确答案。

格温取笑过他这样跳跃的思维方式，但是维克并没有把这所谓的"注意力缺陷"看作弱点。他读过大学心理学教科书，在书中作者认为超强注意力和注意力分散都是野外猎手的生存特征。而且卡普和瑞普两个人都曾向维克保证，他是"未被驯服的天才"，就像阿尔伯特·爱因斯坦也数学不及格一样。维克觉得，这样比较也还不错。

如果他和格温能设法通过下一扇门到奥兹国[①]，那么维克将不得不收集尽可能多的信息。也许他的头脑可以将拼图拼凑在一起，然后找到回家的路……或者把他爸爸带到伊兰蒂亚。

当他们走下旋转楼梯回到房间里，留着胡子的卢比卡斯和他的学徒蹲在一个变黑的水晶旁，研究它，重新排列碎片。曾经闪闪发光的宝石现在看起来就像一块木炭。

维克用下巴指着两人。"那么，呃，这些是疯狂科学家还是谁？"

"他们当然没疯，"莱珊德拉说，"卢比卡斯大师是伊兰蒂亚最聪明的智者之一。"

---

①《绿野仙踪》中的地方。

第七章

奥菲恩无意中听到了他们的对话,对着娇小女孩露出狼一样的笑容。

"那你会怎么形容我?"

莱珊德拉脸红了,转身离开了他。"奥菲恩,卢比卡斯智者的学徒,刚成为希塔德尔学院内四级学徒。"

卢比卡斯智者心不在焉地摇摇头。"嗯,他是我们现有学徒中最杰出的学者之一。奥菲恩在不到两年的时间内就达到了学徒阶段的最高水平,我可能很快会将他提拔为游历圣者。真不知道没有他我要怎么办。"

年轻男子向圣者点了点头致谢,维克可以从奥菲恩自得的表情中得知他毫不怀疑自己在四级学徒中的地位……不管四级学徒是什么。

"什么是希塔德尔学院?"格温问,"某种训练计划?"

卢比卡斯回答道:"这是一个学习的地方,一个知识和启蒙的中心。"

维克做了个鬼脸。"哦,你是说学校?"

莱珊德拉用指尖抚过维克的前臂,感受他的知识和记忆。她笑了。"不是的!这样的学校是为小孩子准备的。我们的希塔德尔学院是完全自愿的,是一个成长和充实的地方。"

"那么更像是一所大学?"格温问。

莱珊德拉用指尖触碰了格温的手,读取了她心里的想法。"是更接近……但不准确。那些在希塔德尔学院里学习的人,他们根据想达到的知识水平来选择待多长时间。新生可以努力达到学徒、游历圣者、新晋圣者、圣者或大师圣者。我是翻译和外交方向的二级学徒。也许你没有类似的概念——"

水晶门：岛屿之国

"这些当然可以等会儿再谈，"卢比卡斯打断莱珊德拉的话，仍然专注于他们提出的问题，"我们希望搞懂格温雅和维克斯是怎么来到这里的。水晶门是怎么打开的？我们还没确定是什么让你们能通过水晶门的。"

"呃，什么门？"维克环顾四周。

"奥菲恩和我希望创造出的水晶门。我们在利用从阿非里克带回的最稀有、最高效的阿迦水晶，希望在伊兰蒂亚的中心建立一扇新的水晶门。如果一切都按计划进行，我们就会带回一位来自中安的钥匙圣者。可惜水晶一下子都着火了，喷出五彩的烟雾，所以我们根本没法开门。但是你们两个出现了。嗯，有些事情是做对了的，不是吗？"

"而且也出了点问题。"奥菲恩指着大理石地板上的焦痕，"那些都是非常昂贵的水晶。"

"是的，"卢比卡斯若有所思，"不过，一定有钥匙。它是什么，能让这两个孩子通过水晶门？唔，还是它在水晶门的另一边？"

维克正要说他们已经十四岁了，不完全是小孩子了，格温说："也许我叔叔放置的水晶和镜子阵列与你们的复杂阵列连接上了，让我们来到了你们的实验中。"

奥菲恩对着格温缓缓露出笑容。"或者也许是因为你们的泽利德姆徽章？"

卢比卡斯点点头。"也可能和星辰水晶有关，毕竟我们以前从未用星辰水晶来制作水晶门。"

"换句话说，原因可能千千万。"维克说。

格温的肩膀耷拉下来。"你们能送我们回家吧，可能吗？"

第七章

"也许吧,"卢比卡斯说,"如果我们能重新创造条件。"

奥菲恩摇了摇头。"这些是我们仅有的星辰水晶了,现在它们都毁了。这座城市里的其他圣者几乎没有星辰水晶,我们也一直在期待新货。但商船还没有靠岸。因为商船四天前要同时把星辰水晶和一位新教官从阿菲里克带过来。"

"不能用别的水晶吗?"格温坚持问。

卢比卡斯眨了眨他那深不可测的灰色眼睛。"如果水晶门只因为星辰水晶而打开呢……"

"那么我们必须要等到货物到达。"奥菲恩接话道。

"然而,如果力量来自你们那边的圣者排列的水晶阵列——"

"我的父亲。"维克纠正道。

卢比卡斯没听见似的继续说:"如果他与这个世界的水晶产生连接,打开了一扇意想不到的新门,那么我们必须重新进行实验。你们认为他会在他那边的世界再试一次吗?"

"他不会放弃我们的。"维克固执地说。

第八章

圣者和他的徒弟仍在思考问题,这时莱珊德拉走到门口说:"让我带你们多看看岛上吧。"明显想让格温和维克离开房间。

格温尽量不让焦虑和不安打败自己,她对上维克的目光,紫罗兰色与海绿色的两双眼睛对视着。在他们小时候,两人就下意识地感觉到他们之间的刻意对视会产生强烈的影响,人们也常说"双胞胎堂亲"拥有不同寻常的眼睛。不用询问,格温就知道维克已经准备好开始冒险,但她犹豫了。他们中必须有人在这里保持冷静。

格温环顾了受损的实验室,并不想离开。未知的情况让她担心。"如果我们不在的时候水晶门又打开了怎么办?如果我们错过了回家的唯一机会怎么办?"

维克享受当下,不担心未来出现的问题——就像往常一样。"来吧,博士!如果不看遍这里的一切,你肯定会后悔的。就像去大峡谷度假时住在车里一样。"

第八章

格温生气的是她的堂弟看似并不关心现状。而还有很多事情仍然无法解释。一方面,她想分析房间里的证据——镜子、烧毁的水晶等——看看她能否从逻辑上推断出发生了什么。另一方面,她应该了解这个陌生的世界,以便更好地评估他们的处境。

"好吧,让我们看看。第一,无论如何我们暂时是被困在这里了。"格温伸出手指在她心里的理由清单上打勾,"第二,我们的徽章由泽利德姆制成,在这儿这是一种众所周知的金属,但我们在地球上从未发现过类似的东西……所以也许我们的妈妈与伊兰蒂亚有某种联系。这里也许有线索。第三,我们不知道什么东西可以帮助我们回家,所以我们最好尽全力多学习。第四——"

"第四,这个地方很酷,"维克打断格温,拉着她的胳膊并把她推向走廊上的莱珊德拉,"现在先探索,之后再列清单。"

虽然格温环顾四周没有看到迫在眉睫的危险,但是对于自己不能如愿回到熟悉的地球,她很不高兴。如果她和维克后半生都被困在这里怎么办?可能她担心的太多了。至少莱珊德拉、卢比卡斯、奥菲恩看起来挺友好的。

外面,空气清新,微风宜人。天空是澄净的浅蓝色,就像知更鸟的蛋壳一样,温度温暖而不压抑。汗珠刚渗出就被一阵和风吹干。

莱珊德拉带着他们走在石板路上,道路时宽时窄,沿着卢比卡斯圣者的实验室塔楼所在的山坡向下走。格温很快就忘记了她刚才的担忧,着迷地盯着景色。起初,她因为更喜欢冷静理智的形象而尽量控制自己不要喜形于色。但是伊兰蒂亚的奇观就在她身边,让她很难超然于外。

在主道十字路口,五颜六色的鲜花吸引了蝴蝶和懒散的蜜

水晶门：岛屿之国

蜂。街道旁的沟渠里积满湍急的银色水流。小运河与街道纵横交错，时而向坡下流去，时而在水泵的帮助下向坡上流去。漂浮的容器沿着狭窄的河道漂动，装着卷轴、水晶，偶尔还有鲜花或食物。

"那些小货船让我想到了寿司船。"维克说。

"或者漂流瓶，"格温说，"这像气动管道通信系统吗？"

娇小的女孩朝容器漂浮的方向挥了挥手。"那些包裹被附魔了，可以漂向特定的某人，它们漂浮在河道网络中，直到抵达正确的目的地。当然，我们有其他的通信系统，但这个非常有效。"

"传送信件的好方法。"维克笑着说。

"我们通常用丝歌丽来传送信件和法术卷轴，"莱珊德拉说，"但是因为丝歌丽只能承受自己三倍的重量，所以我们用水路来传送其他东西。"

格温正要问"丝歌丽"是什么，他们就来到了一片区域，这里高大的锥形银色塔楼像巨型风车一样矗立在地面上。薄薄的弧形刀刃随着旋转而反射着光。风车扇叶在水银镜和有角的棱镜之间旋转，在空中形成了急转的彩虹，同时反射着炫目的光，就像喷水器的水珠喷洒在空中一般。

格温瞪大了眼睛，然后有意识地闭上了嘴，这样她就不会像离开水的鱼一样张大嘴巴。莱珊德拉看着塔楼。"那些是镜面工坊，涂有阿迦水晶的反光膜。反光膜收集并分解阳光中的神奇能量，然后把能量储存在发光的罐子里，这样伊兰蒂亚人就可以随时随地按需使用能量。"

"就像太阳能电池？"格温说。

莱珊德拉摸了摸格温的手臂，从她的头脑里得知了太阳能电

第八章

池的概念，然后抿了抿嘴。"这个比较不太准确，但是够用。你们必须要适应，伊兰蒂亚的一切事物的功用都和你们的有所差别。"

"我可能不知道它是怎么运作的，"维克说，"但我打赌我能搞懂。"

格温注意到所有的建筑物都是用石头或粉刷过的砖块建成的，其中还带有许多水晶和金属支架。"我没看到多少木材。"

"我们是一座小岛，坐落在所有水晶门贸易路线的中心。虽然我们可以接触到石头、沙子、金属矿石、开采的水晶、自然的水晶，但这里的木材很稀缺。我们的船只和码头的建造木材都是来自其他木材丰富的世界。因为伊兰蒂亚人有太多东西需要通过水晶门进口，我们非常注重把一切都用在最明智的地方。"

"我猜这会影响建筑风格。"

各个种族的男人、女人和小孩从他们身边走过，身着来自不同文化的各色服饰。不同的世界？不同的宇宙？格温无法否认陌生的感觉。

有些人乘坐低轮马车，马车上挂着的五颜六色的篷布在他们面前扑腾。迎着微风，马车沿着平坦的街道驶过，下坡时加速，上坡时晃动。头顶上，风筝滑翔机载着一两个乘客飞过，乘客们踩着踏板让宽阔的勺形螺旋桨转动起来。

以格温所见，一些"神奇的事物"是基于物理的，并非基于魔法。但不可否认的是有些东西确实是由魔法产生的。她想知道，这是否是她自己的世界曾经可能的样子，似乎文艺复兴就发生在咒语与科学可以并存的时代。

华丽的水钟旋转着桨轮，倾斜的长柄勺将勺中的水倒入标有

· 043 ·

水晶门：岛屿之国

一天数小时的圆桶中。多余溢出的水像瀑布一样流下，驱动奇异动物和跳舞顽童的机械。

"这就像是列奥纳多·达·芬奇喝多了咖啡的作品。"格温低声说。

"我想到了苏斯博士①，"维克说，"我真希望拿着我的数码相机。我把它留在了日光浴室门口的背包里。"他沮丧地说，"回家之后，没有人会相信这些的。"

他们转过一座圆顶建筑的角落，建筑的窗户被扑动着的橙色和紫色遮阳篷挡住了。格温听到了嘶嘶声，金属摩擦声以及脚步声。

一个闪闪发光、带有滑轮和电缆的机器人，正用粗短的腿朝着他们缓慢沉重地走来，整体就像一个用小孩玩具制作出的机器。这个机器人的每个关节都镶嵌有好似红宝石、祖母绿、蓝宝石相结合的晶体，每种宝石都闪烁着隐藏的火焰。气泡通过像血管一样的管道遍布全身。位于矩形肩上的小水箱成了机器的"头部"。箱内装满了水，还有奇异的生物——其身体如涟漪般抖动，可能是海葵和水母的杂交。一条有褶边的脊状突起绕在一团像大脑的东西旁，上面还布满一圈类似眼睛的突起。

"哇，那是什么？"维克说。

莱珊德拉示意她的两个新朋友往前走。机器人带着谨慎又沉着的优雅行走着，停在了他们面前。一个活泼的声音从机器胸腔内置的喇叭状音箱中传出，让格温想起维克以前用吸管喝苏打时说话的声音。"您好，莱珊德拉小姐。"

"祝你也有美好的一天，波勒普圣者，"莱珊德拉一边快速鞠

---

①美国儿童文学家。

第八章

躬一边说道,"这两位异乡人是在卢比卡斯圣者实验时穿过水晶门来到这里的。我正在向他们介绍伊兰蒂亚。"

海葵生物漂浮到靠近面板的地方,以便环状眼睛看得更清楚。"我希望你们和我一样觉得伊兰蒂亚既值得来又很安全。"伴随着电流的嘶嘶声,步行机器抬起一条沉重的腿,然后抬起另一条,"我必须要赶去参加五行会会议了。"

莱珊德拉说了告别的话,格温和维克虽然不太理解但也跟着附和。"那是什么?外星人吗?"

"圣者波勒普是来自海底的葵母。在海洋中,虽然葵母四海为家,但他们无法在陆地上生活或移动,所以我们的圣者为他创造了那个独特的生存水池。他可以用咒语和科技,和我们走在一起,走在伊兰蒂亚的街道上去忙他的事情。"

"他为什么要离开海洋?"格温的眉头皱了起来,"他在这里工作吗?"

"也许他是外国交换生。"维克说。

"他是我们的老师,伊兰蒂亚的学生从他那儿学到了很多东西。葵母是著名的思想和知识宝库,他们聚集在海底就形成了伟大的智囊团。这使得他们既富有价值又脆弱易伤。圣者波勒普的葵母同胞现在正受到我们的敌人梅隆人的压迫和奴役。"

"梅——什么?"维克问道。

"梅隆人。他们是生活在海底城市中的水生种族。伊兰蒂亚自创立以来,便守卫水晶门。梅隆人恨我们在他们的领域占据了一小块土地。他们想把我们赶走,但伊兰蒂亚的大师圣者和我们的知识库保护了我们。尽管如此,梅隆人还是没有放弃。"

"梅隆人利用葵母来做什么?"格温问。

水晶门：岛屿之国

"来与我们战斗。尽管葵母一族声明在冲突中保持中立立场，但是梅隆人奴役了他们，强迫这些深海的伟大思想家设计咒语和战术来对付我们。"

"换句话说，他们就像科学家人质。"格温说。

"听起来就是这样，"维克同意格温的说法，"我看过一个电视特别节目，讲的是二战期间的科学家尽管不愿意，但是被纳粹强迫为希特勒制造武器。"

莱珊德拉看着代步机器人拐弯消失在街头。"圣者波勒普从被严密监守的葵母床中逃脱，来到我们这里。一年前，我们的潜水员在港口发现了他，他请求我们的庇护。波勒普警告我们，威胁伊兰蒂亚的力量正在壮大。梅隆人想从他们的海域除去这个岛。他们会时不时地来破坏我们的码头，撕碎我们的渔网，损坏我们的船只。他们打算再次袭击我们……而且很快就会行动。"

"让我捋捋，"维克说，"你们被威胁了……被美人鱼族威胁了？"

"是**梅隆人**。"少女摸着维克的胳膊，顿了顿以便读懂他的想法，"在你的脑海中，我可以看到你在想什么，你想得大错特错了。梅隆人比你想象的任何东西都要可怕得多。"

"那么更接近《黑礁》①里的**生物**吗？"维克说。

莱珊德拉露出了不安的表情。"啊，我看到了。对，那个更接近现实。圣者波勒普也为五行会，也就是由我们五位领导人组成的管理会，出谋划策，但他大部分时间都在教书。"

"换句话说，他是一位客座教授。"格温说。

---

①日本漫画家广江礼威的漫画作品。

第八章

"驾驶机器人的水母教授!"维克咯咯笑了笑,"只有我一个人觉得这很有趣吗?"

会心灵感应的少女眼底一片凝重。"你们真的是凭外表而非内在去评价他的吗?维克斯,我们是不会这么做的。伊兰蒂亚是一座崇尚平等的城市,希塔德尔学院欢迎来自由水晶门连接的各个世界各个种族及物种的学生和教师——医学专家和天气观测者来自中安,萨满和部落音乐家来自阿非里克,哲学家和数学家来自格罗及。学生前来学习各类智慧生命的复杂性。稍后你们自己也会发现这点。你们在伊兰蒂亚期间,最简单的生活方式就是请你们住在希塔德尔学院内生活。或许你们可以学习我们的知识,并将你们世界的知识告诉我们,丰富我们的知识库,看看两个世界的知识到底哪里不一样?"

"好吧,我们的世界和这儿确实不一样。"格温说。

"那你将会适应得很好。我们两个世界都拥有独特的知识。学者和科学家、神秘主义者和哲学家都来自不同的文明,在这里将理论付诸实践,分享、收获、了解其他观点。"

维克指着天空。"哦——快看!"

抬头一看,格温在一群螺旋桨滑翔机中发现了一块四边缀有金色流苏的长方形紫色地毯在飞。

一个年轻男子,他穿着满是褶皱的灯笼裤、白色丝质衬衫和短款背心,正盘腿坐在地毯上,指挥它前进。

"这是在开玩笑吧。"维克高兴地叫了起来,他推了推他的堂姐,"赌五美元,我们马上要见到阿拉丁了。"

"飞毯?"格温双手叉腰,"那是不可能的。"

"比起滑翔机或飞机的设计,为什么飞毯的设计更不可能

水晶门：岛屿之国

呢？"莱珊德拉说。她向坐在飞毯上的年轻人挥了挥手，他转过身在他们面前落地。

"因为……因为它就是这样。"格温坚持道。

"你必须学会别先入为主，格温雅。"

第九章

缀着金色流苏的镶边飞毯落地之后,少年站起来脱掉了花哨的衣服。他仔细看了看莱珊德拉。"你今天看起来很累,莱珊德拉。又做噩梦了?"

莱珊德拉看着脚下的地面。"沉船……整整一夜。感觉那么真实,那么熟悉。我不想谈。"

少年耸了耸肩,转而看向格温和维克。"两个新生?"

"他们不是新生。"莱珊德拉说。

"他们看起来像新生。他们的穿着很奇怪。"

格温不自觉地抚平皱巴巴的运动衫,维克则翻了个白眼。"让我直说了吧:穿着灯笼裤、坐在紫色飞毯上的人觉得我们穿着很奇怪?也许我们现在应该先彼此自我介绍,再给对方时尚建议。"

格温怀疑他们刚刚被这个明显富有的年轻人侮辱了,她还没有准备好置之不理——即使他比海洋王国里处理虎鲸修鲁事件的

水晶门：岛屿之国

管理员可爱得多。"新生是什么？"

少年扬起厚唇，说道："在我看来，通常是无知的。不幸的是，我也是一个新人。"

莱珊德拉补充说："'nov'这个词是新生'novice'这个词的缩写。指的是希塔德尔学院里新来的学生。"

"换句话说，新生。"格温说。

维克对着格温叹了一大口气。"所以即使被传送到了这个神奇世界，我们还是逃不掉上学？"

长发少女礼貌地向来人介绍道："这两位是格温雅和维克斯，他们在卢比卡斯圣者实验时通过一扇新的水晶门来到了这里。"

飞毯少年没有自我介绍，而是扬起黑色的眉毛。"自从**大封锁**以来，创造新门是不可能的。"

"卢比卡斯一直在努力，"莱珊德拉露出疏离的微笑，冷冷地回答，"永远不要小看一位圣者。"

少年右手一挥，向他们鞠躬行礼。"我是阿里·埃尔·谢里夫。"他灵巧地卷起飞毯，用手臂夹着，"我暂时陪你们走一走，"他说得像是在帮他们一样，"享受过微风、俯视过大家，也许我该伸展下腿了。"格温从他小心翼翼对待飞毯的举动看出，飞毯是他很珍贵的宝物。

谢里夫下巴中间有道凹陷，眼睛是橄榄绿色的，深色卷发遮住了耳朵。他的肩膀是方的，他的背挺得笔直，他的走姿显示出他极其自信、教养优良。他似乎清楚地知道自己拥有好相貌和好家世。

"谢里法斯来自飞行之城伊拉克什，"莱珊德拉解释道，"他已经和我们一起在希塔德尔学院里上了六个月课。"

第九章

"飞行之城?"维克说,"太酷了!"

格温一如既往地持怀疑态度。"你说的飞行之城究竟是什么意思?"

"这是一座会飞的城市,"谢里夫说,他的语气暗示这个问题的答案应该是显而易见的,"这就是我们称它为飞行之城的原因。"

格温没有被他惹生气。"一座城市又不能长翅膀,所以是怎么飞的?"当然,几分钟前她都不相信飞毯,更别说会飞的城市了。

谢里夫的声音很平静,像厌烦了解释,仿佛他之前已经讲过了很多次。"伊拉克什充满了奇迹,街道由石子铺成,高楼大厦林立,尖塔和穹顶共存。很久以前,为了保护人民,这座城市被施以强大的魔法而离开了地面。伊拉克什乘着沙漠的风飘荡在开阔的空中。我们在干旱、无边的沙丘高空滑翔,直接从云中取水。"当谢里夫用语言描绘家乡时,格温看出他喜欢讲故事,甚至吹嘘他的世界,"如果你想,我可以考虑带你们去玩一次。未来某天。"

"如果我们待得了那么久。"格温看着她的堂弟,"我们还在搞清楚我们是怎样来到这里的、我们怎样才能回去。你爸爸现在一定很担心,泰兹——"

谢里夫难以置信地笑了。"你们不知道怎么再次打开回家的水晶门?"然后他橄榄绿的眼睛狡黠地眯了起来,"啊,你们一定是圣者卢比卡斯声名在外的又一起幸运意外?"

莱珊德拉点点头。"是的,另一起。"

"如果我们被困在伊兰蒂亚,对我们来说就没那么幸运。"格

水晶门：岛屿之国

温喃喃道。

"嘘，博士，我们才刚到这儿，"维克说，"享受当下。我爸爸现在可能正在日光浴室里想办法弄清楚发生了什么。这不可能完全是意外，你知道——他一定已经意识到了自己在做什么。有点信心。"

尽管格温希望他们能回去，在过去一个小时里见识到这儿的一切之后，她意识到自己现在还不想回家，她摸着颈间的吊坠。为什么圣者卢比卡斯对他们妈妈给的徽章如此感兴趣？她真的很想找出答案……

莱珊德拉带她的同伴沿着陡峭的街道和石阶向下走，经过了五彩的玻璃雕塑和宝石风铃，风铃奏出了优美清脆的音乐。谢里夫边走边把手伸进脖子上的网袋里，取出一个用红布包着的葡萄大小的东西。他取下布，露出一个可爱的水晶球，它开始发光。在水晶球里，格温可以看到一个小女孩身影。

"现在你可以发光了，皮里，"谢里夫说，"我希望你午睡睡得香甜。"

这个女孩张开纤细的手臂。谢里夫将水晶球抛向空中，然后水晶球又像肥皂泡一样轻轻飘回他的手中。他把透明的水晶球递到两个新人面前。小女孩更加靠近玻璃了，正闪闪发光，看起来和姐弟俩彼此好奇。少年在欣喜若狂的维克和格温面前来回滚动着闪闪发光的球，炫耀着。

"看起来就像是有人把小叮当[①]放进了雪球里，"维克说，"把我传送回去，史考提[②]，我脑子快爆炸了。"

[①]《彼得·潘》故事中的小精灵。
[②]科幻片《星际旅行》中的知名口头禅。

第九章

"光是在海洋王国遇到的事情都够难理解的了。"格温凝视着水晶球,"那好漂亮啊,谢里夫。它是什么?"

"小精灵。皮里还无法离开保护蛋生存,所以我把她放在小袋里随身带着。"

维克的眉毛弯了弯。"那看起来不像鸡蛋。它不是蛋形的。"

"你是说因为它是圆的?"格温问道,"鱼卵是圆形的。青蛙卵和——"

"好的,我明白了。不管怎样,那是我见过最酷的宠物。"

"皮里不仅仅是宠物。"谢里夫的声音带着责备的语气,"我是她的主人和保护者。你知道的,只有极少数人拥有这种精灵。"他小心翼翼地用红布擦拭水晶球表面,然后将球从指尖滚到手臂再到肩膀然后滚回来,"皮里是我的伙伴、知己。在我看来,我能有信任的人,对方除了安全和关心对我一无所求,这令我振奋。"

水晶球闪烁着深浅不一的粉红光芒,小精灵在里面跳舞。谢里夫把玩球体时,她无声地咯咯直笑。"皮里在黑暗中很有用。看她发出的光是多么明亮丰沛。"他用指尖转着水晶球,然后让球再次从手臂往下滚到手肘。

格温可以看出,谢里夫为皮里感到骄傲,就像为神奇飞毯骄傲一样。"你怎么让它变色?球一开始是蓝绿色的,但现在是粉红色的。"

谢里夫恼怒地看着她。"不是'它'是'她'。皮里的颜色随她的心情而变化。比如,粉红色是幸福的象征,红色代表愤怒,等等。一年后,她就有能力施展小魔法——起初并不厉害,但最终会很强大。你会吗,皮里?"谢里夫把球靠近眼睛,用鼻子抵着球体。球体用比之前更亮的暖黄色光芒来回应他。

· 053 ·

水晶门：岛屿之国

莱珊德拉带他们来到了伊兰蒂亚的主要港口。码头像木板做的舌头一样伸进隐蔽的水中。挂着彩色帆布的异国船只进进出出，像蝴蝶在海浪上翩翩起舞。

港口工人从三层商船上卸下箱子，搬到阳光普照的码头上。莱珊德拉解释说："每艘船都通过远在海洋中的特定水晶门到达这里，从他们的世界到这个中心枢纽。"

"换句话说，伊兰蒂亚就像中央车站，"格温沉思道，"人们从远方到这里来，每个人都在此相遇。"

"每扇水晶门都需要一把钥匙。"莱珊德拉说。

"嗯。我爸爸在摆放水晶阵列时说需要一把钥匙。"维克举起钥匙串，"我试着递给他这个，但是——"

"一把钥匙是一个人。"谢里夫插嘴道，就好像他们应该明白这点。

莱珊德拉平静地说："一把钥匙调到对应一扇特定的水晶门。每艘船至少带着一把钥匙，这样船长可以在常规路线上来回航行。"她指出许多人穿的衣服、用的缎带、戴的臂章上都有符号，以便表明他们是钥匙。

皮里的水晶球在阳光下闪烁。谢里夫检查了水晶球有没有被弄脏，之后在手指背上放稳水晶球，然后来回滚动它。"我已经接受了测试，我有潜力成为**钥匙**。"

格温没有把脑海中浮现的众多问题问出口。她脑子里已经满是新的想法，她害怕没有余地去理解更多事情。

幸运的是，莱珊德拉趁机问了维克和格温一些私人问题。当她得知维克和格温是"双胞胎"堂亲时，这个会心灵感应的女孩屏住了呼吸。"几天前的晚上，我做了一个关于古代预言的梦。

第九章

这个梦讲述了战士奋起击败黑暗暴君并解放封闭世界的故事。奇怪的是,你们竟然符合这个古老的传说。"她唱出一首动人的曲子:

生于同一月下,

只有他们能联结符文,

打造力量之戒,

纠正错误,逆转仪式。

共享血液,而非子宫,

两人将封印暴君之运。

最黑暗的圣者,在最黑暗的日子,

用他的血付出代价。

"那个,呃,很奇怪,"维克承认,"……不管它是什么意思。"

格温手搭凉棚远眺,发现有艘船正在靠近伊兰蒂亚的主要港口。所有的帆都绷得紧紧的,仿佛要用尽海风的最后一点推力。它航行得很快,好像有魔法给了它爆发的速度。红旗拍打着桅杆,一面醒目的旗帜在最高点飘扬。格温希望自己有双筒望远镜。"那艘船肯定在赶时间。"

一道闪光和一缕显眼的紫色烟雾从快速驶来的船的主甲板上射入空中,几秒钟后远处传来闷闷的爆炸声。码头上的每个人都反应过来,争先恐后地行动起来。

谢里夫说:"只有在最危急的情况下,船只才会挂出那些旗子。"

莱珊德拉一边拔腿狂奔一边示意他们跟上她。"那个船长正在拉响警报!"

第十章

伊兰蒂亚的战船启航，士兵将长长的木桨浸入水中。钟声从高塔响起，码头工人赶紧准备停靠点，方便船长在主码头停泊船只。其他船只扬帆起锚，准备应对突发状况，不管状况如何。

格温、维克和莱珊德拉、谢里夫一起挤在码头边上，听船桨在水中划动的声音，也听士兵们驾着战船经过港口时念出的有节奏的口号。不过，即使在十分匆忙的情况下，战船也比飞驰的救护车和警车行驶得更为稳重。他们看到了复杂的戏剧性场面，单层大帆船靠近更大的船后，就绑在大船旁边，充实战船的气势，一同将商船护送到伊兰蒂亚码头。身着各色长袍的圣者登上帆船，站在船头，施展法术以增加船的动力。红色的警示旗在微风中飘了起来。更多紫色烟雾升腾起来。

整个过程持续了将近一个小时，在此期间，格温感到越来越紧张。而维克则无聊地跪在码头上看鱼在码头下杂草丛生的柱子旁掠来掠去。他的手指在清澈的水中游走。他笑着把堂姐招了过

第十章

来。"嘿,博士,看看这个——芭比娃娃大小的海猴子!"

她看到了一个娃娃大小的身影,看起来像一个有着鱼尾的男人,它一边游泳,一边挥舞小手,不顾一切地想要引起他人的注意。

莱珊德拉在看到这个生物时屏住了呼吸。"这是阿奎特娃娃鱼!它们是大海的信使。"这个会心灵感应的女孩把手伸进水里,阿奎特娃娃鱼急切地游向她,让自己被她的掌心捧起。她把湿淋淋的它捧起来,然后放在了码头温暖的地上。

"伊兰蒂亚!"它吱吱叫着,"给伊兰蒂亚的信息。"

"你是从外面那艘船上过来的吗?"谢里夫问,"出现紧急情况的那艘船?"

"不。我是从珊瑚礁一路游到这儿的。"

"我们可以接收你的消息,"莱珊德拉平静地说,语气里带着鼓励,"说吧。"

这个两栖生物直起身子,闪烁着光芒,突然变成了小小的人形。美人鱼般的鱼尾不见了。格温无法判断这是幻觉还是实际上的变形。这个阿奎特娃娃鱼现在看起来像一个穿着船长长袍的男子,他戴着一扇水晶门指定的钥匙标记。

莱珊德拉脸色发白。谢里夫注意到了,问:"怎么了?"

"那个船长。我认出他了——从我的梦里。"

小人男子脸色难看,声音沙哑。"这里是阿尔戈船长,从阿非里克出发。我们受到了攻击!梅隆人把我们困在了奥菲尔礁上。他们割断了锚链把我的船逼到了礁石上。梅隆人包抄我们,不断逼近!

"我的货船上装满了阿迦水晶。船上有十二名身体健全的水

水晶门：岛屿之国

手，以及一名来自阿非里克的圣者和他的徒弟，两人都要前往伊兰蒂亚。我在保卫大家，但我怀疑我们熬不过今晚。"船长弯下腰对着地板说，"现在就走！把这条消息传给来自伊兰蒂亚的人。游得越快越好！"

"酷，"维克说，"阿奎特娃娃鱼有点像全息录像机——能录下说话人的声音和影像的变色龙。"说完信息后，这个生物恢复了正常形状，用人鱼尾巴保持平衡。莱珊德拉用码头地板下的水泼了泼它，帮它消除疲劳。"你想回到海里吗？还是你更喜欢待在水池里，等会儿我们给你喂点东西？"

"水池，求你了，"阿奎特娃娃鱼尖声说，"那儿太危险了。鲨鱼、梅隆人、海蛇……我被掠食者追赶了一路。"

谢里夫没说什么，赶紧跑向码头上拴着的一艘船，和面容焦虑的大副交谈了一番，很快带着借来的陶瓷水盆回来，盆里装满了海水。阿奎特娃娃鱼一到盆里就开心地转圈圈，像微型游泳池中的小人一样。

终于，进港的船抵达了码头。守卫船开走了，留下圣者和水手引导船入港。港口船员齐心协力，冲上前抓住绳索并将绳索系在地桩的大环上。

甲板上的水手们大声喊叫着，汗流浃背的男女转动着绞盘，将结实的渔网向上拉，随即盖在木块上，然后吊到码头的卸货平台上。"这就是我们在开阔水域发现的所有漂浮物。"一位水手说。

网里的东西被清空后，格温看到一艘大船船体上的碎木板。甲板栏杆碎片上带有一块刻有身份记号的泽利德姆牌子。莱珊德拉认出了那些记号。"那是阿尔戈船长的船。"

第十章

"似乎所剩无几。"谢里夫说。

水手们低声说着迷信的话。有的木板上还嵌着锃亮的爬行动物鳞片,大小有格温巴掌大。鳞片闪烁着七彩的光,格温试着计算掉下鳞片的生物能有多大。

码头工人将找回的新入港船只的碎片在码头上摊开时,维克摸了摸堂姐的胳膊,不安又难以置信地指了指被毁船只上的深长痕迹,那痕迹直达船腹。格温立刻就认出了痕迹是什么。

爪痕。

第十一章

　　维克从阿尔戈船长的船只残骸联想到了好多恐怖的画面。海怪？从像龙那样的大怪兽身上掉下的鳞片？爪痕？他重重地咽了咽口水。

　　流言在伊兰蒂亚的港口周围迅速传开。莱珊德拉把放有阿奎特娃娃鱼的水盆放在拥挤的码头中央，让这位变色龙信使用阿尔戈船长形象又讲了一遍故事。看着影像，维克意识到这个绝望的男人现在几乎可以肯定已经死了。听到这个可怕的消息，许多船长、水手、商人和穿长袍的钥匙人变得焦急起来。焦躁不安的维克在海边走来走去，到处听人群在说什么。

　　"而且你们确定没有发现幸存者？没有阿尔戈船长的迹象？"一位圣者向新入港船只的船长问道，"你们找到了多少残骸？"

　　"很多漂浮物和投弃货物，其中大部分看起来都被咀嚼过。"这时许多工人不安地喃喃自语。"即使没有梅隆人的威胁，奥菲尔礁周围的水流危险湍急又不稳定。我不能让我的船碰上剃刀珊

· 060 ·

第十一章

瑚。我命令船员尽快离开了那儿。"

"我们看到厚厚的木板和桅杆被折成了两半,"这艘船的大副说,"万一梅隆人又用海蛇出击怎么办?我们也不敢找太久。"

"然后一连片乌云从天边飘来,"第三水手说,"所以我们决定尽快回伊兰蒂亚。"

"救生艇上还可能有人吗?或者船只残骸旁可能有人吗?"维克问。

莱珊德拉短暂地闭上了眼睛,然后又睁大了。"是的。在我的梦里,那儿还有人……"

船长面无表情地看着维克。"鉴于我们之前看到的情况,况且过去了那么长时间,不太可能还有人活着了。那里的水流很湍急。即使没有鲨鱼或梅隆人,珊瑚礁也能把人磨成香肠肉。"

"可除非亲眼看到了,否则无法确定。"维克抓住谢里夫的白色丝质衣袖,"我有一个主意!你和我可以去搜寻和船只残骸一起漂浮的人。你的飞毯能多带一个人吧,能吗?"

"确实能,"他怀疑地看了维克一眼,"虽然我很少带人。飞毯是非常罕见的。现在,我的飞毯是整个伊兰蒂亚唯一的一条飞毯,是一份礼物——"

"哇,会飞的小子。先去找人,等会儿再吹牛,好吗?我们得快点。万一有人漂在那儿,盼着获救怎么办?我的视力好,能帮你找。我保证不会在你贵重的飞毯上洒任何东西。"

来自伊拉克什的少年在码头上展开飞毯,像明智的法官一样考虑这件事。"是的,我可以做这件事。"他跪在飞毯的针织面上,整理着流苏,"这是个好机会,看看飞毯能飞多快——前提是维克斯不掉下来。"

水晶门：岛屿之国

莱珊德拉看起来很犹豫。"我们要不要请示下五行会？我们无权做出这样的决定。"

维克叹了口气。"我不知道伊兰蒂亚是怎么应对紧急情况的，但是在我们的世界，紧急情况的第一原则：立即行动，稍后讨论。哪怕需要事后道歉——如果*需要*——也好过浪费时间等待许可。"他盯着严重损毁的船只残骸，想象着可怜的受害者的遭遇。

格温咬着下唇，她的支持令维克感到吃惊。"我通常会说泰兹——维克——太冲动了，但这次我要支持他。可能有生命危在旦夕。虽然我觉得维克可能是因为想坐飞毯才提出这个主意。"

维克抬了抬眉毛。"我在做正确的事，同时又能有点乐趣，这有问题吗？"

"是的，我觉得没问题。祝你好运。好希望我也能去。"

"我最多可以带一个人帮忙搜寻。"谢里夫飞快地说。

"对。我们需要为幸存者留出空间。"

莱珊德拉别无选择，只能接受这个决定。"我会让五行会知道这回事的。"

谢里夫坐在飞毯前面，扭头向后一看，维克就坐在飞毯后端。

"这条飞毯没有安全带吗？"

"盘腿坐，可以更好地保持平衡。"

格温转向谢里夫。"如果你飞得太快，风会把你从毯子上吹下来吗？"

"不会。在我的飞毯上，风从来不会强过微风。"他回头看了维克一眼，"如果你从飞毯上掉了下去，我会试着抓住你。但如果你不掉下去，那就更好了。"

第十一章

"我知道了,"维克说,"我想我能应付得了。"

格温仍然看起来很担心。"你确定要这样做吗,泰兹?"

维克盘着双腿,笑了笑想让格温安心。"总要有人去做。"

"小心点!"

"跟他说。"维克拍了拍谢里夫的肩膀,"他才是飞行员。"

谢里夫把皮里的水晶球放进开口网袋中,把袋子挂在了脖子上,这样发光的小精灵就能照得更清楚。他用手指抚过金线织出的复杂图案。伴着闪光和火花,飞毯的绣花开始发亮,就像移动的霓虹灯。维克觉得飞毯的设计看起来像电脑主板的电路。飞毯上有太多交织的纹饰了,他既不想头晕又想把所有设计搞懂。

慢慢地,他们就像坐在一只巨大的手掌上。飞毯升到空中,金色的流苏垂了下来。升到空中后,维克突然想到现在只有一块布保护他不坠落。他的胃剧烈翻腾起来。几个水手向他们挥手,但大多数人继续工作,没有抬头看,仿佛飞毯没什么稀奇的。尽管对他们来说,也许并非如此。

飞毯旋转着调整到新的路线上,然后加速前进,静静地滑过气流。微风吹过维克浓密的头发,他笑了。"你的小精灵是用仙粉让我们飞起来的吗?我应该想想快乐的事情吗?"

"你随意,"谢里夫说,"我们能飞是因为飞毯绣花用的日阿迦线上附着有咒语。"

"嗯,有道理。"

飞毯从港口出发,朝入港船只驶来的相反方向飞去,飞向开阔海域。维克在飞毯上往下瞥时几乎坐不稳了。如果他真的掉下去了,谢里夫可能会有时间俯冲下来接住他——但他不想测试新朋友的反应能力或者飞行技巧。

水晶门：岛屿之国

伊兰蒂亚的内港挤满了渔船、刚穿过水晶门的货船、帆船、船头尖尖的守卫船，甚至还有装满了学生的训练船。亮橙色船帆带有黄色和红色的标记，看起来就像来自海洋王国水族馆的热带鱼。

隆起的岛上遍布着白色建筑，多得像藤壶丛一样，一个叠着一个。一座壮观的灯塔坐落在长条形的区域内，闪烁着耀眼的绿色光芒，引导船只驶入避风港。谢里夫驾驶着飞毯，维克得以看到了海岛迎风面的美景，大浪冲刷着潮湿的黑色悬崖。白色溪流缓缓流淌，向下流入潮汐池。杂草和花朵从岩缝中长出，海鸟从空中猛扑下去捕捉昆虫。

飞毯不断加速，在飞毯上感受到的微风却依旧柔细清新。维克想，有点像在暖和的日子乘坐敞篷车。飞毯上的金色流苏在飘动。比起害怕，维克更为兴奋。

在海洋上空疾行时，谢里夫躬着腰，飞毯远快过大多数船只，小精灵的水晶球在网袋里向前摇摆。皮里全身发着蓝色光芒，竭尽全力地靠着球面低头凝视海鸟掠过海浪捕鱼的海域。

很快，小岛就被他们远远地甩在身后，变成地平线上的一个小点。随后连小点也看不见了。

"谢里夫！"维克提高了音量，好让他的声音盖过风声，"我们有地图或者指南针吗？我们要怎么回去呢？"

"飞毯上绣着所有我们可能需要的地图和示意图。它可是很先进的。我已经把终点设为奥菲尔礁了。我可以闭着眼睛，轻轻松松飞回伊兰蒂亚。"

"好吧，先不要闭上眼睛，不然我们可能会错过幸存者。"

谢里夫咯咯笑了。他脖子上挂着的沉重球体闪着白光，小精

第十一章

灵挥动双手比画着。"啊，皮里提醒我，如果需要的话，她也可以带我们回去。她的方向感很好。"

蓝绿色的开阔海域一望无际，维克开始意识到伊兰蒂亚岛是多么的孤立。

它是整个星球上唯一的一块陆地吗？然而它却在所有水晶门的中心。

飞了大约一个小时后，维克觉得自己有些躁动不安。他发现前方有个满是白色泡沫的地方，海浪搅动着大部分都被淹没的黑色岩礁。

他们往下降，在岩石上空不高处盘旋。正如他们预料并且担心的一样，维克和谢里夫看到破碎的浮木和缠着蓝色船帆的长条桅杆在海面漂浮。在高处，维克看到小块残骸向四面漂走，好像这艘船曾发生过爆炸，将碎片喷到洋流中。

"珊瑚礁搅动了水，"谢里夫说，"有幸存者也可能已经被冲到远海了。"

"好在你的飞毯可以到很远的地方，"维克说，"向外边盘旋看看，也许我们会看到什么。我们两个一起来搜寻看看。"

"还有皮里。"谢里夫说。

"——我们可不能漏掉她。"

当他们飞过礁石时，维克听到海浪翻腾的声音。任何试图在那个漩涡中游动的人都会被海浪卷走然后拍碎。远离了危险的礁石，维克和谢里夫发现桅杆的另一部分缓缓飘过。体形硕大、具有掠夺性的暗影在水下游来游去。也许是巨鲨？也许是史前海怪？

它们很可能吞噬了那些漂浮在水上的无助之人。那儿怎么会有幸存者呢？

水晶门：岛屿之国

但维克没有大声说出这点。毕竟，他个乐观的人。

谢里夫在离奥菲尔礁更远的地方盘旋。两个小时后，他们没有看到更多碎片，但为了确保没有遗漏，他们继续向外搜寻。他们就要放弃时，来自伊拉克什的男孩在水面上看到了什么。

"又是一块碎片。"维克挡住眼睛上方的阳光，眯起眼睛透过明亮的阳光向下看去。"不，等等！下面有人！"

谢里夫让飞毯加速，掠过波涛汹涌的海面。皮里的球体发出代表急迫的橙光。

当他们靠近时，两个年轻人发现了一根被毁船只的桁端。湿透的绳索荡在水中，黑皮肤的女孩独自一人用一只胳膊紧紧抓着木头，与水下的敌人奋力搏斗。

"看起来她在和什么东西搏斗。"维克说。

"她在为自己的生命而战。抓紧。"

海水溅到空中，飞毯不断接近。

幸存的女孩握着一根长长的光滑木杖。一端尖如矛，另一端则镶着台球大小的光滑石头，旁边还有个弯钩。女孩把长矛刺入水中，然后举起，长矛滴下海水和红色液体。是血吗？一个鼻子如灰色鱼雷般的生物浮出水面，张开大嘴，露出利齿。这个女孩转动手杖，狠狠地锤向它。

"我们必须救她。那些看起来像鲨鱼！"维克说，"我们，呃，没带武器吧？"

谢里夫傲慢地瞥了他一眼。"我们有速度。现在只能这样了。"

浑身湿透的幸存者在战斗中没有惊慌失措。维克觉得她还没看到救援者来了。谢里夫滑翔到女孩上方，她仍然紧抱着漂浮的

第十一章

桁端。谢里夫他们的出现打断了鲨鱼的捕猎。浑身湿透的幸存者抬头看到他们,她的大眼睛因为极度的疲倦而耷拉下眼皮。维克看到锋利的鳍划开水面,受惊的鲨鱼很快绕了回来。

谢里夫让神奇飞毯飞低点,维克移到毯边,伸手去握女孩伸出的手。"我希望飞毯不要翻倒。来吧!"

鲨鱼靠近时,幸存者以轻盈优雅的姿态离开了水面。她以漂浮着的光滑桁端为杠杆,另一只手拿着木杖,身体努力往上靠,紧接着躺在了谢里夫的绣花飞毯上。

三只愤怒的鲨鱼张开嘴冲了过来,但谢里夫已经摸到了金线,飞毯升起,飞离了鲨鱼牙齿能咬到的地方。

浑身湿透的黑皮肤女孩表现得好像被人用飞毯救走是挺平常的事情一样,她盘起瘦弱的双腿坐在地毯中央,以免飞毯失去平衡,然后将木杖放在膝盖上。她气喘吁吁,脸上满是泪水,看上去疲惫不堪,她看向救她的两人。"谢谢你们。"女孩用嘶哑而干涩的声音说。

"我们,呃,以为你可能喜欢搭电梯。"维克说。

"我会报答你们的恩情。你们的名字将被写入《伟大史诗》。"

第十二章

  唯一的幸存者名叫提亚雷特。她是个来自阿非里克的女孩，四肢纤长，比格温和维克大了不到一岁。她的眼睛是琥珀色的，令人惊艳，像狮子的眼睛，她穿着短短的动物皮毛，皮毛像第二层皮肤一样包裹着她健美的身体。当维克和谢里夫带着她回来时，格温觉得这两个年轻人看起来对自己很满意，尽管她不得不承认自己有点钦佩这次救援。

  每个人都聚在伊兰蒂亚的水钟广场听这位疲惫的女孩讲述遭遇。提亚雷特抓着那根看起来破破烂烂的手杖，仿佛准备继续战斗。她的目光扫过广场，她似乎对人群和城市很感兴趣，就像人群对她也很感兴趣一样。

  已经得知紧急情况的五位五行会成员匆匆离开了议事厅。

  格温看着身着各色长袍的代表在官员和智囊团的陪伴下，一起沿着有坡度的道路向下走来。

  "五行会成员被称为长老，"五行会成员走到水流涓涓的水钟

第十二章

旁,坐到附近的曲型石凳上,莱珊德拉飞快地低语道,"每个人都穿着鲜艳的颜色——黄色、蓝色、红色、绿色、白色——和五种元素——对应。"

"*五种*元素?元素周期表上有一百多种元素。我们化学老师让我们都要记住。"

"不,只有五种:土、气、火、水和灵。"莱珊德拉说。

"那么氮、氦、铁、钠——这些呢?"

小巧少女的表情变得若有所思。"若研究事物太细致,人可能就越发关注细节而缺乏整体理解。"

显然,她没有考虑过地球上的那个社会可能比伊兰蒂亚更复杂更先进。"换句话说,着眼大局?"格温对这种文化上的简化一笑置之,并承认道,"如果只有五种元素,化学肯定会更简单……"

五行会成员在石凳上就座后,伊兰蒂亚的工人竖起了杆子,用染色布做了个遮阳篷,遮挡了阳光。聚集的人群急切地想听到提亚雷特的故事,幸存者似乎很想讲述,但是五行会成员却不着急。

提亚雷特充满感激地接过了给她的淡水和柔软的毯子,但尽管有阴凉的地方,可她还是选择坐在露天的地方。她盘着长腿,双手握着手杖,将其摆放在膝盖之间,仿佛那是君王的权杖。手杖上圆润光滑的石头如同一只布满血丝的龙眼,发出明亮的光芒。"我已经处于寒冷潮湿的状态太久了。我更喜欢坐在干燥石头上,沐浴温暖的阳光。我觉得我的骨头可能都晒不干了。"

提亚雷特将长发拧成绳绑了起来,发束上装饰着珠子、铜吊坠、光滑的石头。她颧骨突出,下巴窄小,脸型是心形的。她的嘴唇丰厚,鼻子坚挺,牙齿又白又整齐。

· 069 ·

水晶门：岛屿之国

"我必须告诉你们，我必须把一切都告诉你们，"女孩开始讲述，"在我们那儿，讲故事是一项重要的技能。无论我们是否注意到，我们每个人都在《伟大史诗》中扮演着角色，《伟大史诗》也是我们的一部分。"她的声音圆润洪亮，在开阔的天空下，穿过沙沙作响的草丛传播开来，"昆杜是我们最伟大的战士和故事撰写者之一。我虽然年少，但在草原战争中曾与他并肩作战，他把他知道的一切都教给了我。他现在去世了。他在《伟大史诗》中的情节已经结束。"她的呼吸一滞，"所以这个职责落在了我身上。"

提亚雷特将目光投向了遮阳篷下的五名成员，然后是救她的谢里夫和维克。格温的堂弟咧嘴一笑，显然为他和谢里夫所取得的成就感到自豪，格温克制住用手肘打击他胸口的强烈冲动。

"昆杜大师准备前来伊兰蒂亚教授自卫技巧、草原魔法和讲故事。我是他最好的学生。我住的村庄在大草原上，他在那儿将他的技能传授给了所有人。自从草原战争结束后，他觉得伊兰蒂亚——以及水晶门通往的所有世界——都需要他的知识。于是他带我来希塔德尔学院当学生。"她竭力保持镇定。

格温希望维克不要分心，不要在提亚雷特说完之前就开始和谢里夫嘀咕。格温想听清这个故事的所有细节。

"在一个明亮温暖的黎明，我和昆杜大师抓到了一对长角的泽马斯——想要看到马群之外的世界而四处游荡的公马。昆杜向泽马斯说明了我们的需要，两只公马就允许我们爬到它们满是条纹图案的背上。我们骑马赶了三天的路，穿过炎热的草原抵达了海岸。大篷车会定期把山里的星阿迦水晶运到那儿。商船来到海岸。昆杜大师确定其中一艘船会载着我们穿过水晶门到达伊兰

第十二章

蒂亚。

"我们到达海港村时,长角的泽马斯开始打喷嚏,它们一靠近人群就会变得不安。所以我们下了马,把它们松开了,然后赤脚赶路。虽然昆杜大师年纪大了,但是他身体很强健。如果有必要,他可以走上好几天。

"在村子里,我们遇到了阿尔戈船长,他同意载我们一程,前提是我们帮他把星阿迦水晶装上船。所以我们辛苦了两天,搬运了一车车的水晶。"她咧嘴一笑,"昆杜和我让船长自己的工人因为懒惰而羞愧,我们装船只用了平日时间的一半。船起航了,被潮落时的清新微风吹离了海岸。我们离开了心爱的阿非里克,驶入了我不知道的海域。

"我以前从没见过大海——这么多的水!看不到岸边之后,我觉得自己好像被淹没在了浩瀚之中。昆杜大师之前曾两次坐船到伊兰蒂亚,他让我放心。阿尔戈船长给我看了星盘和星图,介绍他怎么在没有地标的情况下航行。我之前不知道这个技术。即使在最广阔的棕色大草原上,也有树和远山作为地标,但海洋是一览无余的蓝绿色,无限延伸着。我觉得它非常谦逊。"

提亚雷特淡淡地笑了,看着她的听众,然后喝了一杯水,又继续讲述。

"阿尔戈船长是钥匙,也是船主。他出生于阿非里克,他到了适合的地方打开直通伊兰蒂亚的水晶门。我们的船行驶了一个通宵,在第二天上午到达了海洋中一个不起眼的地方。昆杜大师和我上前观看水晶门是怎么打开的。

"阿尔戈站在船头,望着海浪,念出用阿迦墨水文在他前臂上的咒语。当他完成吟唱时,我们面前的空气和水都变了。仿佛

水晶门：岛屿之国

天空本身就是被画在窗玻璃上的一样，阿尔戈的咒语击碎了窗格。我们面前的水和空气都破裂开，在一扇隐形门的另一边有着不同的海、不同的浪、不同的云。

"他的船员操纵船帆，船向前航行。他们已经多次行驶这条航线了，所以只是完成他们的工作，但我被深深吸引了。船通过敞开的门，滑入这个世界的水域。在我们身后，门又关上了，薄薄的残影在空中重新聚合，恢复了世界之间的壁垒。然后我们继续驶向伊兰蒂亚。"

提亚蕾特闭上了她那琥珀色的眼睛，似乎在犹豫讲述接下来的故事。她抚弄着手杖。格温倾身向前，以便听得更清楚。

"我们的船吃水很深，它载着沉重的货物，伊兰蒂亚订购的稀有的星阿迦水晶。我们本以为不会有问题。"她深吸了一口气。"不会有问题……"

"第二天，瞭望员发现了两条有着金色和蓝色鳞片的海蛇，它们锯齿状的鳍就像破损的剑刃。它们从我们右舷的水里探出，它们长着尖牙的嘴里吐出泡沫。它们靠近了我们的船，我看到了它们裂开的大眼睛。昆杜大师拿着法杖站在甲板上。"她举起手中的法杖。格温意识到它一定是属于女孩的老师的。

"巨蛇围绕着我们。它们锋利的獠牙像象牙一样又长又弯。然而船长阿尔戈最惧怕的是巨蛇弯曲的脖子两侧明显印着的图案——几何符号，像刻进蛇鳞又涂上瓷釉的部落标记。巨蛇戴着有尖刺的金属项圈，身上安着金色的坐具，还被套着银色的链子。"提亚雷特停顿了一下，让暗示深入人心，"有人驯化了这些海蛇，奴役它们。"

"梅隆人。"五行会的一名成员低声说道。

第十二章

"海蛇在船边游动,然后离开,在海浪下游动。童年时,我曾在热带雨林的树上看到过巨大的蟒蛇,但这些海蛇超出了我的认知。

"船员们很不安,阿尔戈船长让每个人都提高警惕。昆杜大师和我在甲板上训练,一起练习我们的对战技术,但他却一直盯着水面。我们看到几团黑色暴风云聚集在天边。我观察到远方有银色的海上龙卷风,这是致命的气象灾害。暴风云和海上龙卷风像是在跟踪我们的船。阿尔戈船长告诉我,梅隆族有强大的圣者,可以影响天气。

"离开阿非里克后的第三晚,我们的船漂进了险恶的水域。我们离伊兰蒂亚还很远,我们可以看到被白浪淹没的珊瑚。船长的海图上还有条穿越奥菲尔礁的安全路线,但那条航线行驶难度不小,并且阿尔戈也不想天亮前都在那迷宫般的海域航行。在礁石边上,两名船员抛锚入水。船锚链条往外落了不到十英尺就被高低不平的珊瑚丛绊住了,我们的船被不安地拴在那里。

"所有船员都很紧张。空气中有闪电的味道,但我们没看到雨滴。无数的星星像银色的眼睛在夜晚的丛林中注视着我们。我把毯子铺在甲板上,想休息一下。船长给了我们一间小船舱,但昆杜大师和我更喜欢露天睡觉。封闭空间让我觉得不舒服。我们一路上的海风都很平静。但今晚的却不一般。

"高悬的月亮把冷光撒在甲板和索具上,我突然感到一阵颠簸,船开始漂动。船锚链条发出一声空响,拍打在船体上。船员大声喊出警报。我们的锚在水下被割断了!

"我听到船体附近有水花溅起的声响。就在我们身边,海浪在礁石上拍打出泡沫。我望向甲板栏杆,看到了移动的影子,是

水晶门：岛屿之国

人形但很模糊。当他们浮出水面，他们的身体在月光下湿漉漉地反着光。他们的皮肤上遍布鳞片，脸庞宽阔圆滑，就像是人和龙的混血。昆杜大师告诉了我他们是什么。"提亚雷特看着五行会，"当然是梅隆族。"

城市领袖点点头。

"船锚的绳索被割断，船在海流中漂动，被拉向礁石。阿尔戈船长大声发号指令。男人们匆忙升起桅杆展开帆。我们漂泊不定，失去了对船的控制。但是船员爬得不够快，第一张船帆才张开绷紧，风就停下了。

"我们撞上了嶙峋的礁石。船上载着重物，被粗糙的黑色岩石刮蹭到船腹破裂。我听到木头碎裂的声音，随即船突然停了下来，惯性使得三个人被抛到了海里。其他人摔倒在甲板上。船倾斜了。水涌进船体，水晶矿石撒了出来。

"船长清楚袭击我们的人是谁。他去他的船舱放出了两条宠物阿奎特娃娃鱼。他口授了一条消息，把阿奎特娃娃鱼放向船外。我们都明白阿奎特娃娃鱼无法及时到伊兰蒂亚为我们搬来救援，但我们希望如果我们都死在了那晚，至少它们可以告诉你们究竟发生了什么事。"

"其中一只阿奎特娃娃鱼确实到了，"她身边的白袍长老说道，"这就是我们去找你的原因。"

提亚雷特沉浸在那个可怕夜晚的回忆中。"我们的船搁浅在礁石上时，梅隆人上船了。他们知道我们逃不了了。这些生物在微光中像围猎虚弱野山羊的猎豹一样。他们从水里浮出，爬上被割断的锚链。其他的紧紧抓住船体木板，用爪子挠着船体。

"我曾见过在大草原上扫荡的白蚁。它们一起前进，用庞大

第十二章

的队伍淹没了草、灌木甚至树林。没有什么可以阻挡它们。而这些梅隆人拥有武器，还对我们怀有敌意，所以甚至更危险。

"一场突如其来的风暴袭来，冷雨向我们浇下，倾斜的甲板很光滑。船体仍在瓦解，桅杆倒了，撞在礁石上裂开了。船长的眼睛闪烁着绝望，拿出剑，叫我们一起上前。"提亚雷特神情严肃地抿紧双唇，"昆杜大师拿着法杖站在船长身边。我也拿了自己的武器。我们协力对抗成群结队的梅隆人。

"他们像腐烂的鱼一样臭，他们漆黑空洞的眼睛目光呆滞，就像溺水者的眼睛。他们脖子旁的鳃拍动着，但他们可以在空气中比鱼生存更长时间。

"攻上来的梅隆人以长长的爪子和焊有尖锐贝壳的长矛为武器。他们也使用扇形弯刀，刀刃上有很多孔。还有三个梅隆战士挥舞着尖头棍，棍子顶上插着有毒的海胆。"提亚雷特盯着水钟，清澈的溪流从一个圆筒流入另一个圆筒，不断填满水池，抬高标记记录时刻。叮叮当当的水流声有舒缓助眠之效，不过讲述的人并没有放松。

"即使在最激烈的战斗中，我也从未见过昆杜大师像旋风一样战斗。我击败了至少十二个梅隆人，而昆杜大师解决了更多。"她把法杖的尖头朝上，露出深色污渍，然后伸出手指抚摸手柄上的弯钩，"矛头、钩子和龙眼石对付他们都很有效。"提亚雷特甚至变了坐姿，拿着重重的法杖绕头转了几圈，法杖发出独特的哨声。

"阿尔戈的船上有十二名船员、船长自己、昆杜大师和我。许多水手赤手空拳与长鳞的敌人战斗。"她的嘴角下撇，"两个懦夫跳海了，尽管我不知道他们打算怎么逃跑。海里满是梅隆人和

· 075 ·

水晶门：岛屿之国

其他海洋怪物，很快海水就变红了。懦夫们尖叫着挣扎着乞求帮助，但我们只能保护自己。

"我恍惚地战斗着。过了一会儿，我的所有注意力都集中在活命、挥动武器、敲碎敌人头骨、刺穿长满鳞片的胸膛上了。

"紧接着我们之前见过的两条海蛇也加入了战斗，但那时它们穿上了厚重的盔甲。它们头上戴着金属钉，把它们变成了活动的攻船槌。它们从开阔水域游过来，加速撞击侧边的船身。一次撞击就足以让已经损坏的船体四分五裂。有根桅杆倒下，带下来两个爬到高处的水手。

"风暴越来越强。波涛汹涌地拍打着船体，海蛇游回来进行第二次攻击。这船当时已然破裂，开始崩塌。

"我浑身上下都是绿色的梅隆人的血。我的武器滑溜溜的，沾满了黏糊糊的液汁。敌人再次向我袭来，我举起武器抵挡，但武器脱手了。我手无寸铁，而梅隆人正步步紧逼。昆杜大师也看到了。他叫了我的名字，然后——"她陷入沉默，在自己可怕的回忆中挣扎，"然后把他的法杖扔给了我。我没有问他要，但他把法杖扔给了我，随后扑向离他最近的梅隆人，对梅隆人拳打脚踢。我接下法杖用力一挥，击退了靠近我的梅隆人。我拼尽全力，想找到昆杜大师，这样我就可以保护他。但我没能及时赶到他身边。四个梅隆人把他拖进了水里。我救不了他。"

泪水涌出，提亚雷特闭上了眼睛。但她的故事还没结束。"那时我意识到只有阿尔戈船长和我还活着。我从甲板的一端跑去帮他，这样我们可以背靠背进行最后一搏。但是七个梅隆人包围了他。虽然船长用他磨损的剑不断猛砍，但还是被梅隆人淹没了。我甚至看不到他是怎么倒在梅隆人中的。

第十二章

"海蛇又撞了过来，一根断裂的帆桁掉在了我身旁，把一个梅隆人打到一边。绝望中，我抓住了帆桁，随即一股猛浪把我卷入海中，不知为何我一直握着法杖。我落进了满是泡沫的水中。万幸帆桁很大，能一直浮在水面上。"她露出苦笑，"在阿非里克的大草原上，人们基本不需要学游泳。"

"在飞行之城也不需要，"谢里夫低声对维克说，"在来到伊兰蒂亚之前，我从未学过游泳。"

"也许这是我们可以教你的事情之一，提亚雷特。"另一位五行会成员语气激动地说。

女孩的故事快讲完了。"风暴带走了我。我漂了半天，很快锋利的礁石就淡出了视线。我觉得梅隆人不知道我还活着。他们显然觉得没有幸存者。

"一天多的时间里，我紧紧抓住漂浮的帆桁，努力思考如何才能到达安全地带，怎么才能生存下去。我习惯解决自己的问题，但我没有工具，没办法确定路线。因为我不知道怎么找到正确的方向，所以我猜不到伊兰蒂亚可能在哪儿。我没有水喝，除了用手抓到的几条小鱼什么也没有吃。

"第二天，鲨鱼盯上了我。我竭尽全力爬上了帆桁，用法杖保护自己。鲨鱼不断向我逼近。

"我曾和狮子搏斗。它们有思想有风度，是可敬的掠食者，打败一只狮子是巨大的挑战。但鲨鱼简直就是带钳口的机器。鲨鱼会游泳，要攻击人。我发现口鼻是它们的敏感带，许多靠近的鲨鱼很快就因鼻子酸痛而撤退了。我用矛刺向鲨鱼漆黑无神的眼睛。我设法让鲨鱼流血，那样其他鲨鱼就会扑向同伴，吃受伤的同伴比抓我更容易。

水晶门：岛屿之国

"我看到灰色鲨鱼的身上烙有符号——类似我在海蛇身上看到的符号。梅隆族符号。我知道我的时间不多了。一旦鲨鱼报告了我的位置，梅隆族就会赶来。我发誓要保护好自己，拼命活下去。我身上又湿又痛，内心痛苦，腹中饥饿，我回忆起大草原的温暖色彩，干草上阳光的味道，镰刀伴着摇篮曲一起沙沙作响的声音，多希望我从来没有离开阿非里克。"

她看起来若有所思，然后看了一眼谢里夫和维克。"谢里法斯和维克斯这两位在鲨鱼回来时找到了我。毫无疑问，梅隆人正在赶来的路上。我欠两位一个人情，我不会忘记的。"提亚雷特站起身来，靠在磨损的法杖上，她挺起肩膀，表情自信而坚决，"既然我已经来到这里，如果你们给我食物和新衣服，还有休息的机会，那么我就能做好准备开始学业。"

她那双茶色的眼睛扫视全场。"如果梅隆族真的准备攻击这个岛屿，那么伊兰蒂亚的每个公民都必须学习怎么战斗。"

第十三章

来自阿非里克的女孩坚持不要人帮忙，要自己走着离开广场。伊兰蒂亚的圣者匆匆带她去治疗厅，在那儿他们可以处理她的伤口，在她康复时照看她。虽然提亚雷特显然已疲惫至极，但是她琥珀色的眼中闪烁着尽快恢复的明确决心，以便备战下一场战斗。

正当五位长老召开集会围绕消息进行商讨并制订生死攸关的防御计划时，梅隆族要来进攻的消息在公民间传开了。"今天晚上，"格温说，"岛上的每个人都会知晓提亚雷特的故事了。"

"是的，他们可能会添油加醋把故事编得更加离奇。"维克笑了笑，仍然为自己感到骄傲，"也许他们甚至会夸大我的英雄事迹。"

"我们的英雄事迹，"谢里夫嗤之以鼻地说，"提亚雷特的故事太不可思议了，我怀疑他们不需要再添油加醋了。"

莱珊德拉展开纤细的手臂。"真是漫长的一天啊，特别是对

水晶门：岛屿之国

于你们两个，格温雅和维克斯。跟我到希塔德尔学院的学生宿舍去吧。那儿应该有你们俩的房间。"

"记住，只是临时住处，"格温说，"我们打算尽快回家。"

"先休息，后打算。就像去上大学一样住宿舍。"虽然他们经历了一些对任何同龄人来说都算得上晴天霹雳的悲剧，但是维克希望他的堂姐不要总是这么悲观。当然，维克的情况有所不同。他还有爸爸，还能希望妈妈总有一天会回家，而格温却深知她的父母都去世了。神秘事故和所有没有答案的问题是最难处理的难题。她的生活完全变了，她搬进叔叔和堂弟的家，这些一定都给她留下了心理创伤——但和被吸进一扇神奇的门后到达幻想岛的遭遇相比，这都不算什么！

谢里夫展开他的刺绣飞毯。"我要先飞一步去安排一下。鉴于我认识奎司塔斯长老，所以我可以确保为我们的新朋友安排特殊的宿舍。"在大家出声之前，他就飞走了。维克本来希望自己能继续坐着飞毯离开。

"五行会成员现在会不会很忙，不方便为我们找住处啊？"格温说。

"那儿一直有空房间。"莱珊德拉向他们保证。

希塔德尔学院的建筑群坐落在岛上起伏的丘陵上，有宽阔的广场、开放式教室、实验室，以及生活区、公共区、食堂。维克觉得希塔德尔学院看起来像预科学校和大学合二为一。

谢里夫在他们头顶盘旋，然后降落在他们面前。他熟练又轻松地从飞毯上跳下来，对准边缘小心地卷起飞毯。"他们现在正为你们准备住处。晚饭刚开始供应。如果我们现在去吃晚饭，吃完时宿舍就应该准备好了。"

第十三章

莱珊德拉挥手告别。"我让谢里法斯带着你们。"

"你要去哪儿?"维克失望地说。他还希望吃饭时坐在红棕发女孩旁边。

"我在伊兰蒂亚有家人。我的父母和小弟桑达斯希望我和他们一起吃饭。"

谢里夫说:"你们两个将和我还有其他新生、学徒、游历圣者、新晋圣者一起吃饭。你们不会缺同伴的。"

在拥挤的食堂里,长桌与空地交替,高大的石柱支撑着由一片片彩色水晶制成的天花板。每片水晶板都可以打开让空气流通,也可以关闭防止雨水落进来。谢里夫坐在餐桌一头,就好像那是他的专属座位,还给维克和格温指了两个座位。

维克的肚子咕咕直叫。虽然一切都很奇怪,但他沉迷其中,他期待尝尝伊兰蒂亚的食物。他爸爸有个习惯,定期让他们接触来自不同文化的食物。他们经常吃摩洛哥、巴西、希腊、墨西哥、俄罗斯、日本和埃塞俄比亚的美食。

服务员端出一盘盘食物时,维克看到了很多海鲜,并不感到惊讶,不过这些菜和红龙虾餐厅[①]菜单上的菜大不相同。端来的菜有碗装的五香贻贝、蛤蜊和大个头的贝类。油炸鱿鱼须看起来好像时刻准备反击食客。几种整鱼都被包裹在葡萄叶里烤熟了。还有腌海藻和可食用花朵拌好的沙拉。

他兴致勃勃地往盘子里舀了一些蛤蜊,然后加了些酥松有趣的油炸鱿鱼须。他看到格温在吃有些菜品时闭上了眼睛,但维克乐于尝试一切。虽然有些鱿鱼须的花纹不同寻常(他特别不喜欢触手上的橡胶吸盘),但是配上大量橄榄油和大蒜,味道棒极了。

[①]北美知名连锁餐厅。

水晶门：岛屿之国

"伊兰蒂亚的饭菜和伊拉克什的饭菜大不相同，"谢里夫说，"我好想吃家乡的饭菜。"他向坐得最近的新生和学徒介绍了维克和格温，说他们来自水晶门连接的异世界，那里有完全不同的文化。

维克用胳膊肘轻推了推他的堂姐。"这还不错吧？"

"和我预想的不太一样？当然是不太一样的，"她承认，"不过要是卡普叔叔知道我们没事的话，我会感觉更好一点。"

"我也是。但是，来吧博士，看看周围这些聪明人——这些人还只是学生！一旦把卢比卡斯和其他圣者也包括在内，总有人能想到办法再次打开那扇水晶门，或者至少把装在瓶子里的信息通过门传过去，这样我们就可以告诉爸爸我们在哪儿了。"

格温不情愿地点了点头。"也许卢比卡斯圣者明天可以和五行会成员谈谈，问问他们能不能帮助我们。"

"好主意。看到没？我们晚上就应该好好休息。现在睡觉，明早再解决问题吧。"

❦

高年级学生在宿舍楼或者圣者导师住处附近有独立房间，同时，每个希塔德尔学院新生宿舍楼层都设有一个大型公共区域，周围沿着外墙环布着几十个狭窄的房间。除了主屋有高高的屋顶，房间其他地方没有坚固的天花板。

"这有点像在办公楼里的小隔间。"维克观察到。

主屋由明亮的水晶照明。维克记得莱珊德拉说过这儿木材很少，所以他们自然不会烧火或者点火把。

格温眨了眨眼，扫了一眼宿舍，然后回头看着谢里夫。"房

第十三章

间的门在哪儿呢?其实我想问,卫生间在哪儿呢?有没有女生用的单独卫生间?条件……更好的房间,也许有吧?"

"别担心,格温雅。我确定你会住很好的房间。"谢里夫把格温和维克带到了他房间两边的小隔间。

每个小房间由主体后墙和两堵两米高的共用半墙隔成,里面有厚垫子,石雕床上有毯子。宿舍的"天花板"和入口都设有不透明的帘子,在提供私密空间的同时,也能在就寝时间让房间变暗。

岛上有来自地下泉的冷热水,山上还有水池储存着备用雨水。每个房间都配备了一个用作洗漱的滴水喷泉,安在后墙上。石床床脚的对面,有一块抬起的石板,露出地板上隐秘的小洞,远处流水的声音就通过这个小洞传了进来。

格温的嘴张张合合。"不是我想的那样——是吗?"

谢里夫很享受她明显的惊讶。"是的。我猜你不会去用这栋楼外的公共设施,我猜对了吗?"

"问得好,谢里夫。对吧,博士?"维克迫不及待地想看看格温要怎么面对这么简陋的环境。而他根本不介意。

"只有新生宿舍是如此……简单,这样你也许会好受点。"谢里夫说。

格温委屈地从侧墙边的新床看到蹲厕,再看回维克。但他对她咧嘴一笑。"你知道妈妈常说的话:'生活是我们创造的……'"

"'……生活造就了我们',"格温说完叹了口气,"谢谢你,谢里夫。"

"是的,谢谢,"维克说,"真希望我带了牙刷。"来自伊拉克

·083·

水晶门：岛屿之国

什的年轻人向他们展示了怎么用磨好了的香味树枝来刷牙。树枝尝起来有股肉桂和生姜的味道，刷完后，维克感觉嘴里清爽又干净。

维克拉上天花板和小隔间的帘子准备睡觉，突然听到公共区域传来一阵骚动。他从床上爬起来，把门帘拉到一边，看到提亚雷特满脸迷惑地站在宿舍中央。维克很高兴。"天哪，我还以为他们带你去了治疗厅，你要在那儿休养几天呢！"

黑皮肤女孩仍然穿着斑点花纹的毛皮，毛皮现在已经变得洁净干爽了。她手臂、腿和脸颊的伤处都缠着绷带。虽然她逞强，但她显然没有从脱水和受冻的状态中恢复过来。

"我不需要治疗师的进一步帮助，"她说，"昆杜大师想让我在希塔德尔学院里学习。我不会让他失望的。我打算马上开始。"

"哇——你踢鲨鱼屁股的画面令我印象深刻。欢迎你加入我们，"维克说，"这儿有很多空房间。"格温和谢里夫从隔间里探出头来。

提亚雷特倚拄着法杖走向他们。"如果梅隆人想要打过来，我就基本没有休息的时间。明天我将在紧急会议上和五行会见面。"她又迈出一步，然后犹豫了一下，身体站不稳，"我必须——"

"呀，"维克在提亚雷特倒下之前扶住了她，"好，我觉得你可能有点做过头了。"

"不要勉强自己，提亚雷特，"格温说，"就算你给自己一些时间来恢复，也不会被人看轻。"

谢里夫指了个空房间，姐弟俩扶提亚雷特坐到了空床上。受伤的女孩不情愿地躺了下去。"这是最尴尬的。"

第十三章

"但并不奇怪。想想你经历的一切。"维克说。

谢里夫为提亚雷特端了杯水。"我们那儿有句谚语：自傲是智慧的敌人。"

"也许你是对的。我应该睡觉了。不睡觉对于我没有任何好处，万一我在战斗中崩溃就糟糕了。"

维克将法杖放在石雕床的石梯旁边。"如果你需要，它就在这儿。如果晚上有怪物来袭击，我还指望你保护我们。"

"我会保护你们的，维克斯。"

随着水晶变暗，所有学生都安顿下来准备入睡，维克长长地舒了口气，疲惫地躺了回去。他们身处陌生的新环境，他们身上发生了那么多令人难以置信的事情，他希望格温不要睡不着乃至整夜无眠。

"当然我还希望没有人打呼噜。"维克咕哝道。在知道前，他就睡着了。

第十四章

　　格温知道自己需要休息，需要理清头绪，如此才能有逻辑有条理地解决他们的问题。找到回家的路，联络卡普叔叔……在那之后，也许她可以放松一下，享受伊兰蒂亚的非凡景色。
　　黎明时分，新生起床后进行晨间日常活动。她和维克也摸索着进行陌生的活动。维克在来自阿非里克的女孩身边打转，确保她康复了。然而，提亚雷特看似更强健了，维克也看似对她不需要他的帮助感到了失望。提亚雷特已经在谈论加强岛上的防御了。格温为黑皮肤女孩从现在开始遇到的每个梅隆人默哀。
　　谢里夫加入了他们，他胳膊下夹着像藏宝图一样卷起的飞毯，胸前挂着皮里的发光球体。他对提亚雷特笑了笑。"我相信你今早不需要进一步援救了吧？"
　　"我现在很安全。"她说。
　　维克自告奋勇要和提亚雷特一起去见五行会，但是格温提醒他，他们应该再去找找卢比卡斯圣者。"我们有自己的难题，泰

第十四章

兹。我们要弄清楚我们是怎么穿过那扇水晶门的。莱珊德拉可能已经在塔楼里等我们了。"

维克皱了皱眉,好像很难做出选择。显然,他不会介意是与提亚雷特还是与莱珊德拉共度时光。

谢里夫插话道:"我会护送提亚雷特去五行会那儿。"

"没必要。我的方向感很好。"瘦瘦的女孩握着手杖朝政府大楼走去。谢里夫还是毫不在意地追上了提亚雷特,作势要给她指路。

当学生们前往希塔德尔学院大楼上课时,格温和维克去了圣者实验室所在的瞭望塔,它位于城市的最高点之一。莱珊德拉在外面遇到了他们。维克看到她时脸上满是笑容。

"卢比卡斯圣者和奥菲恩正准备与五行会碰面。"会心灵感应的女孩说。

这对双胞胎堂姐弟解释说,他们希望卢比卡斯能请五行会来帮助他们。

"你认为他们会同意帮我们吗?"格温问。

"大师圣者一定会把你们不同寻常的情况呈报给五位长老。"莱珊德拉皱着眉说,"但我必须告诉你们,他们可能更加关注梅隆族的威胁。"

"当然,谁会担心两个走错地方的小孩?"格温说。

三个小孩说话时,留长胡子的圣者和他的助手出现了。听到他们的谈话,卢比卡斯对格温挥了挥手指。"嗯,现在不用担心。我会请长老来帮你们。不要低估你们到这儿来的重要性。若异世界的水晶门被**大封锁**关闭了,那神秘的异乡人就不可能从那个世界来到这里。既神秘又科学的事情是最有趣的。"

水晶门：岛屿之国

"我们要去听听五行会怎么说。"奥菲恩补充道，从他们身边挤过去。

"在这儿等我们。你们可以……嗯，找点事情做。"

"不要再造成任何损坏。"奥菲恩警告道，然后两人匆匆沿着陡峭的路往下走。

三人进入主室，看到实验室乱七八糟。圣者的房间仍然一片狼藉，烟熏、闪光爆炸和水晶熔毁造成了多处损毁，"哇，这一切都是我们做的吗？"维克问道。

格温说："我们应该帮忙收拾下烂摊子。某种程度上，这也算是我们的错……"

"如果卢比卡斯是按特殊方式来摆放这些垃圾的怎么办？"维克问，"嗯，随机摆放技巧。"

"就像你的房间一样，分心博士。"

"嘿，我知道所有东西的位置。"

格温捡起一块发黑的水晶碎片。空气中还飘着一股淡淡的奇异烟味。"我想帮忙。我觉得我们应该做点什么。"

莱珊德拉整理了散落在地板和桌上的烧焦了的卷轴。"我确定卢比卡斯圣者不会介意。"

格温、维克和莱珊德拉一起把魔法用品收拾整洁，清理了窗户和架子，还擦去了大理石墙壁和地板上的焦痕。

"所以……你们和梅隆族之前有什么过节吗？"格温问。他们似乎需要知道这些情况。

莱珊德拉看着她。"月复一月，他们的侵略行径变得越发大胆。我们渔民的渔网被砍断了，锚线被割断了，码头被破坏了。去年，我们不得不运进大量木材来重建三个码头。"

第十四章

"他们为什么针对你们？"维克问，"这个地方简直是一个乌托邦。"

"除了伊兰蒂亚，这个世界其他地方都是海洋。梅隆族讨厌我们的存在，乐得水晶门无人看守，方便任何找到钥匙的征服者来去。虽然数代以来，梅隆族都容忍且无视我们的存在，但近来他们公然发动暴力袭击，比如攻击阿尔戈船长的船。"

"那么是什么激怒了他们吗？"维克问，"有没有人向大海里倾倒有毒废物？"

"我们不知道。我们很少接触梅隆族。但一定发生了变化，使得他们痛下杀手。"

卢比卡斯和奥菲恩从五行会会议回来时，这三个小伙伴已经清理好大部分杂物，激烈地谈论着防御方法、新的咒语、能用的武器。

格温和维克用充满期待的眼神迎接他们。卢比卡斯似乎吓了一跳，仿佛忘记了这两个新来的人。"啊，嗯，我和他们说了你们不可思议的到来方式，听到有扇水晶门通往我们以为被**大封锁**切断了连接的世界，五位长老也迷惑了！"

奥菲恩很认真。"但是正如我所料，伊兰蒂亚更关心新的梅隆危机。"

卢比卡斯严肃地点点头。"提亚雷特在会上回答了问题，几名渔民也上前发言。巡逻船上的海军上将布拉德西诺伊斯出示了去年的失踪船只记录。情况很明显：梅隆族已经对我们宣战了。"大胡子圣者张开双手摆出道歉的姿势，"这可能威胁到我们所有人，因此长老们的优先顺序很明确。很抱歉他们帮不了你们，至少现在帮不了。我们的防御长老海拉莎非常坚定。"

· 089 ·

水晶门：岛屿之国

格温低下了头。"当然。我们明白。"

奥菲恩的眉毛拧在了一起，他补充道："海拉莎的原话是，'我们要考虑比两个不请自来的孩子的请求更重要的事情。他们的请求得等到解决了危机之后'。有些长老怀疑你们的故事，甚至觉得你们可能是海底王国的间谍。事实上，佩康亚斯长老觉得你们在另一艘船遭到袭击时刚好来到这儿，时机非常可疑。"

"天哪，你在开玩笑吧！"维克哼了一声说。

"佩康亚斯长老绝对是少数。"卢比卡斯看起来有点尴尬，"然而，许多人不喜欢我们前往新世界、试图打开被封的水晶门的想法。海拉莎也问我们是不是没有从**大封锁**中吸取教训。"

格温正要问他说的是什么意思，圣者却突然环顾了房间，他注意到所有的杂物都被整理好了。他的脸上洋溢着喜悦。"嗯，不错！奥菲恩和我需要马上工作。五行会命令我们准备对梅隆族采取极端措施。"他拿起几卷卷轴，闻了闻，像是在看火焰有没有破坏闪亮的墨迹，"哦，对了，他们说欢迎你们在我的保护下留在伊兰蒂亚，你们需要待多久就待多久。"

"只要你们和我们相安无事地住在一起，"奥菲恩补充道，"同时，卢比卡斯圣者和我不能浪费时间和资源去帮你们找寻回家的路。"

卢比卡斯试图让自己的话听起来可靠点。"等哪天我们再次与梅隆人和平相处时，我们会有空闲时间去帮你们的。"

格温的心沉了下去，她意识到回到地球、回到卡普叔叔身边将是很久以后的事了。

第十五章

所以他们只能靠自己了。这是维克没预想到的，但至少他知道这会很有趣。他喜欢问题和谜团，用他能找到的一切东西拼凑出一个可行的解决方案。但首先他需要更多信息。他清了清喉咙，想引起年长圣者的注意。"所以故事是什么样的，梅隆族的误解、冲突、战争……你们是怎么称呼这件事的？告诉我们更多关于梅隆族的事情吧。"

卢比卡斯开始爬上铜梯，铜梯嵌在巨型水族箱之间的墙上。他拿出一小碗干虫来喂鱼。"这是一个很长的故事，跨越了许多世纪，始于——"

奥菲恩的声音像弯刀划破空气："所有梅隆人都讨厌陆地居民，希望伊兰蒂亚沉入海底。这就是你们需要知道的全部。"他重新整理了咒语卷轴。

维克几乎忍不住笑出声来。"我，呃，希望知道比这更详细的细节。"

水晶门：岛屿之国

奥菲恩沮丧地看着圣者。"如果你们打算听冗长的故事，卢比卡斯大师，也许我应该去仓库里找找所剩无几的阿迦水晶？我们需要更换这两个人穿过水晶门时弄坏的星阿迦。"

"嗯，好主意，奥菲恩。"

没听到更多鼓励，助理生气地大步走出了实验室。圣者打开了水族箱顶部的盖子，一边哼哼，一边把虫子扔进冒泡的水族箱里。水族箱里，四只活泼的阿奎特娃娃鱼游来游去，追着鱼，让发光鳗鱼的光芒更加耀眼。卢比卡斯心不在焉地自言自语："我一直告诉奥菲恩这是他的责任，但他忽视了这点。坦率地说，我觉得他不喜欢我的阿奎特娃娃鱼，因为它们总是离他远远的。"

维克觉得阿奎特娃娃鱼水族箱有股奇特的引力。他把脸贴近玻璃。"怎么会有人不喜欢缩小版人鱼呢？"

格温催促道："你不是要和我们说说与梅隆族的长期冲突吗？"

卢比卡斯继续往水箱里扔食物。阿奎特娃娃鱼游到水面，在空中吃到几口。它们玩儿似的变换了形态，模仿起大胡子圣者，然后又变回鱼尾的身形。

"很久以前，梅隆人并不在意陆地居民和这个岛，但他们是多变的种族，不管是形态还是头脑都很多变。"大胡子圣者停了下来，抚摸着胡须继续说，"许多世纪以来，梅隆人生活在海洋里，不知道我们通过水晶门来来往往，幸福而快乐。他们不知道这个世界在宇宙中的独特位置，不知道这里是水晶门连接的所有世界的中心。他们也不在乎。"

他合上了水族箱的盖子。"谁创造了水晶门，又是出于什么目的，即使对于天生能打开水晶门的人来说都是谜。大约五千年

第十五章

前,邪恶势力乘坐名为**水影**的船穿过了水晶门。船上载着黑暗圣者家族——父亲、母亲、女儿、儿子。他们有丰富的魔法知识,他们到来的目的是作恶。父亲乌尔卡是迄今为止最强大最邪恶的黑暗圣者,他打算控制水晶门连接的所有世界。不行的话,就把它们全部毁掉。"

"真是个野心勃勃的家伙。"维克说。

"通过**堕落占卜**,乌尔卡的妻子莱蒂亚绑架了一个有才华的**钥匙**。乌尔卡、莱蒂亚和他们渴望权力的两个孩子需要钥匙的能力来逃离他们的世界,那个他们未能成功征服的世界。他们带着数百个最忠诚、深受蒙骗的战士,强迫人质**钥匙**打开了一扇通往这个世界的水晶门。之后黑暗圣者家族施了一个秘密的**血魔法**:若在水晶门大开之际献祭钥匙,那在门关闭之前,已通过的所有人都将能完全掌控自己的身体。每个细胞、每块肌肉、每个器官。"

"也就是说……什么?"格温问道。

"唔。到底有什么意义?这意味着他们可以阻止衰老、改变容貌、免疫疾病,并让所有伤口都快速愈合,只有一处伤口除外。"

维克想问问那处特殊的伤口是哪里——也许是心脏上的刺伤?——但他觉得圣者会用他自己的方式委婉地讲出来。

"这些听起来都很有用。"格温说。

"嗯。在短时间内,乌尔卡家族和他们的不死军队征服了莫祖尔世界,将其作为基地。儿子阿兹里克和女儿艾妮亚都变成了大领主。他们扩充军队,准备成群地挤过水晶门,夺取其他世界。他们最早的战士因为**血魔法**变得强大而坚不可摧。这些战士

水晶门：岛屿之国

成了新的将军，准备好从莫祖尔出兵。数以百计的世界正等待着他们。

"数船的黑暗圣者和邪恶军队穿过了水晶门，再次带着被俘虏的钥匙船长们——他们被献祭，而使新扩张的军队几近长生。黑暗势力的入侵似乎势不可挡。经历过血魔法后，敌人军队无法被杀死！

"有七个世界被摧毁，被奴役。在那之后，一位光明圣者设法奔走于一个个世界敲响警钟。那位圣者，凯尔森，是把万能钥匙——能够打开所有水晶门。他乘坐着他的国家最快的船奔走于一个个世界，设法从一百多个不同世界中聚集了最强大的光明圣者，他们的船通过水晶门，所有人齐聚于此，举行了盛大的圣者集会，来决定怎么保护世界免受邪恶的乌尔卡家族的侵害。"

海洋生物抢完了投喂的食物，卢比卡斯就从水族箱旁的梯子上爬了下来。"在梅隆人的水域上举行这么大型的集会，让他们都注意到了。有的游过来调查发生了什么事，凯尔森邀请他们参加集会。他解释道，他们的海洋世界已成为暴君和刽子手的通道。但梅隆人对陆地居民的事情不感兴趣，看不到参加集会的理由，他们又回到了海底王国。"

格温咬着下唇。"我见过有人即使危机明摆着就在眼前了也拒绝参与其中。"

卢比卡斯坐在金属凳子上。"我们好运的是，黑暗圣者家族的野心就是他们自己的毒药。莱蒂亚害怕乌尔卡不断增大的权力和暴戾，计划让儿子阿兹里克暗杀并取代他。莱蒂亚引诱了丈夫，让他放下了防备；随后清楚他们这类人的唯一弱点的阿兹里克击倒了乌尔卡。"

第十五章

"呕。"格温说。

"他一定强得要命,可以杀死一个所谓的长生巫师。"维克指出。

"有办法,"圣者说道,"一个艰难又不为人所知的办法。"

"那么,一个人倒下了。其他人怎么样了呢?"格温问道。

卢比卡斯抓了抓白头发。"莱蒂亚把乌尔卡的所有力量都给了她儿子,阿兹里克转而袭击了她。他对他母亲既没有亲情也没有尊重。'你已经背叛了我父亲,你自己的丈夫。再过不了多久你也会觉得我过于强大——也会对付我?'所以阿兹里克也杀死了他母亲。"

"我刚呕了吗?"格温颤抖着说。

"女儿艾妮亚不像她家人那么堕落。她看到了恐怖事件和流血事件,意识到了他们的军队在屠杀各个世界的人只为了让他们屈服于她兄弟的统治,之后她与家族决裂了。艾妮亚通过水晶门逃走了,加入了光明圣者的阵营。

"她在海上面见了凯尔森和他的同伴们。一开始,他们怀疑这是陷阱,而艾妮亚是间谍。但她确实改变了立场,事实上,她和凯尔森坠入了爱河。最后,他们结了婚,生了几个孩子,他们的后代还在我们中间。"

"多么浪漫。"维克说。

"但这不是故事的重要部分。"莱珊德拉说。

卢比卡斯深吸一口气,继续说:"数周后,聚集的圣者制订好了计划。因为所有水晶门只有一个枢纽,阿兹里克的部队将不得不通过这个中心到达其他弱势世界。为了阻止不死军队从一个被征服的世界前往另一个世界,凯尔森、艾妮亚和盟友决定把不

· 095 ·

水晶门：岛屿之国

死军队关起来。聚集起来的光明圣者用他们最强大的魔法卷轴封印了通往已经被阿兹里克的疯狂野心征服了的世界的水晶门。

"直到那时，最强大的两位圣者凯尔森和艾妮亚才施了可怕而危险的魔法。为了触发**大封锁**、确保那些被污染的地方被永久封印，他们施放出最圣洁的光明魔法，他们对彼此的爱让魔力变得更强大——也更费劲。咒语差点脱离了他们的控制。它几乎抽干了凯尔森的生命，但艾妮亚牺牲了长生不老来救她心爱的人。她和凯尔森都活了下来，而通往被阿兹里克征服的世界的水晶门被永远切断了与——其他数十个弱势世界的连接。这无意中隔绝了部分水晶门，但至少那些世界是安全的。"

"让我猜猜，"维克说，"地球就是其中之一？"

"很有可能，"卢比卡斯笑了，"所以你看，应该没有人能够进出你们的世界——这就是为什么我觉得你们的到来很有意思。"

莱珊德拉接着讲故事，显然她以前已经听过很多次了。"仅仅封闭一些水晶门是不够的。光明圣者聚集的地方是中心点。他们明白他们不能让它毫无防备。"

圣者点了点头。"所以我们建造了一个永久存在的地方。当时，这个世界完全是海洋——而我们需要一个岛屿。"

"一个岛屿？"维克叫喊道，"你是说这个岛是你们造的？太酷了！"

"成千上万的圣者用了五年时间造就了伊兰蒂亚，这儿有淡水和肥沃的土壤，有港口和渔业，有用于学习的希塔德尔学院，有政府和通用语言。他们把整个岛屿从海底拉上来，创造了一个水晶门枢纽的陆地基地。圣者带来了植物、飞鸟、昆虫，把伊兰蒂亚建设成他们抛在水晶门枢纽的锚。"

第十五章

"你是说像个检查点?"格温问,"在十字路口的防御基地?"

"是的。但它已经变得远不止于此了。"莱珊德拉说。

卢比卡斯把凳子靠在水族箱上。玻璃后面,各色游鱼试着去咬吸他细细的白发。"当然,这个岛刚开始从海底向上生长时,梅隆人感到很震惊。光明圣者试着与他们见面,向这些海底居民提供补偿,但梅隆族不想与我们交易。我们试过给他们我们能想到的任何珍宝或服务,都没有成功。我们希望能提供给他们一些对他们有价值的东西。"

"虽然我们在他们的海上捕鱼、航行,但大多数时候人类和梅隆族没有争夺相同的资源,"莱珊德拉说,"没有必要发生冲突。我们没有完全生活在友谊中,但我们彼此互不打扰。"

卢比卡斯再次讲起这个故事。"唔。但一个世纪前,梅隆人开始频繁来到水面,派侦察兵监视伊兰蒂亚。最近,破坏事件越发频繁。我们已经派了使者去和他们交谈,邀请他们的领导人与我们会面,但都无济于事。要么是我们的使者找不到梅隆人,要么是使者没有回来。"

莱珊德拉说:"维克斯和格温雅已经见过波勒普圣者了。他们知道梅隆族奴役了葵母族,用俘虏去建防御工事、制造武器——武器是用来对付我们的。"

"还有一个问题。"卢比卡斯伸出一根手指抚摸胡须,陷入沉思。

"当然有。"维克讽刺地咕哝道。

"艾妮亚逃去参加光明圣者集会时,阿兹里克对妹妹的背叛感到愤怒。他的众多不死将领正在七个已征服的世界扩充兵力。于是阿兹里克亲自穿过一扇水晶门去找艾妮亚。他打算要么杀了

水晶门：岛屿之国

她，要么带走她。由于运气不好，**大封锁**发生时他正在这边的世界。自由的世界里的他，是我们宇宙中的一粒邪恶种子——而他所有的军队都被关在其他世界了。"

"时机太糟糕了。"维克说。

"当然，情况本来可能更糟。"格温指出。

莱珊德拉看着这两个堂姐弟。"所以，阿兹里克已经藏了好几个世纪，悄无声息地游走在世界之间，寻找解除**大封锁**的方法，这样他就能释放不死大军，继续征服世界。"

"而现在梅隆人活跃起来制造麻烦，"格温说，"你觉得两者有联系吗？"

维克哼了一声。"总是有联系的。"

"因此，"圣者继续说，"这就是我不能立马帮你们解决问题的原因。"

维克挑了挑眉。"你，呃，要煎更大的鱼吗？"格温叹了口气。

娇小的莱珊德拉给了他一个直白的回答："在伊兰蒂亚，我们鼓励学习和发现。希塔德尔学院有很多可以吸取的知识。欢迎你们自己研究问题，找到自己的解决方案。"

"那就是我们要做的，"维克说，"正如爸爸常说的，'没有人和你一样关心怎么解决你的问题。'"

格温心灰意冷地叹了口气。她大步走过巨大的水族箱，没有看一眼奇怪的鱼。"我们在一个完全不合逻辑的世界，这儿有镜子磨坊、咒语、飞毯和上锁的隐形门。对。我们应该尽快搞定一切。"

维克看着他的堂姐。"来吧，博士。这可能需要一段时间，

第十五章

但我们会找到回家的路的——或者至少给我爸传个消息让他知道我们没事。可以肯定他也正努力从他那边解决问题。相信我,我看过在电视上重播的《百战天龙》。我们会得出答案的。"

"当然会,但为什么要止于那一步?"格温带着一丝讽刺说,"我们为什么不趁在这儿的时候打败梅隆人、找到阿兹里克呢?"

卢比卡斯笑了。"嗯,你们两个果然野心勃勃!我们欢迎这样的胜利。"

格温脸红了。"我刚才是开玩笑的。"

"我们尽力而为吧。"维克用手肘推了推她,试着让她振作起来,"首先试着乐观。之后总有时间成为悲观主义者。"

第十六章

奥菲恩还没回来,谢里夫先降落在了实验室塔楼上,然后沿着旋转楼梯跑进主房间。尽管他看起来气喘吁吁、被风吹得乱七八糟的,但他还是小心地对齐边缘卷起飞毯,确保流苏没有被压到。维克觉得他照顾刺绣飞毯的样子,就像有些人擦亮、爱抚新车一样。

谢里夫抬起下巴。"在五行会的会议上,提亚雷特建议执行安全检查,这是个好主意,所以我飞过了整座岛。目前来看,伊兰蒂亚是安全的。"

格温停止了不安的踱步,抬头看着来自伊拉克什的少年,饶有兴趣地对他笑了笑。维克扬起眉毛。他的堂姐是对小阿拉丁情有独钟吗?这可是个戏弄她的好机会。不过格温肯定也会因为莱珊德拉打趣他。或者提亚雷特。也许他最好还是把想说的憋在心里……

维克不确定自己对被困伊兰蒂亚是什么感觉。五行会没有立

第十六章

即倾尽资源帮他们回家,他很意外吗?也不是很意外。他不知道什么时候才能再看到他爸,他很担心吗?也许有点,入读新学校、在这个不可思议的地方开始冒险,他被吓到了吗?不止一点。

有更多时间来探索这个有趣世界,他感到兴奋吗?绝对!面对身材娇小、看起来活泼可人的翻译,他被迷住了吗?又或者,面对身材纤细、充满异域风情、来自阿非里克的美丽女孩,由他从可怕危险中救出的女孩,他着迷吗?他咽了咽口水。

"你脑子有毛病吗,维克斯?"莱珊德拉的手搭在他的手臂上,把他从幻想中吓清醒了。

维克脸红了,希望她没有选在他幻想她的那一刻去查看他的想象。"哦,我没事。我只是……"

"那是分心博士在想你,"格温说,"扔帽子的一会儿工夫马上就在做白日梦了。"

莱珊德拉疑惑地皱眉。"我没有扔帽子。"

格温转了转眼珠,笑了。如果维克想要乐观,她会给他的。"泰兹集中一下注意力,泰兹。让我们思考一下。我们不知道怎么来到这里。肯定有办法回去。这只是逻辑上的推论。"

"他们一直是用咒语来打开水晶门的。我们能不能说个咒语再次打开我们的门?"维克问,"我们要不要说'芝麻开门'还是什么咒语?"

谢里夫和莱珊德拉对视了一眼,都疑惑不解。"这是你们世界很强大的咒语吗?"

"不,它来自一个故事。"格温说。

"还来自一部迪士尼动画电影。一部好电影。罗宾·威廉姆斯真的很搞笑。"

水晶门：岛屿之国

卢比卡斯望向窗外，似乎等着奥菲恩把必要材料带回来等得有点不耐烦了。"魔法并没有那么简单。它们必须精心制作，用细致的书法写在特制的卷轴上。魔法生效的前提是人们知道如何塑造它。"

"就像写下正确的食谱一样。"格温说。

"我做饭时不看食谱，"维克指出，"我全靠本能，结果通常都很好。"

格温做了个鬼脸。"有些壮观的例外。我似乎记得番茄薄荷菠萝汤……"

"嗯，我很喜欢。"

卢比卡斯拿起一张烧焦的卷轴，打开卷轴，展示里面字母和单词的复杂刺绣。"用阿迦水晶墨水写下特殊的声音和短语，魔法就被锁进卷轴。它由念出咒语的人施放。其中用星阿迦墨水写下的古语咒语是最强大的。万幸大多数人都读不懂复杂的语言。"

谢里夫交叉着双臂。"在伊拉克什也是一样。任何人都可以施放用日常语言变成的家庭小魔法。"

卢比卡斯眯着眼看着手中的羊皮纸。"这个魔法是件艺术品。只有训练有素的圣者才能施放这个魔法。"

"它有什么作用？"

"唔。太久了，我不太确定……"

"问题来了，"格温说，"如果魔法真的在伊兰蒂亚管用，那你们为什么不做个卷轴，里面写，'做一个挡住敌人的隐形盾牌，'一切不就结束了吗？"

卢比卡斯耐心地解释说："魔法是一种伟大的力量，但它本身不懂知识。文字必须塑造魔法，告诉它要做什么。一个简短的

第十六章

白话咒语只能施放小魔法。不过更困难的魔法需要一流的圣者用古老的语言，念出繁复的因律言指令，才能实现。"

"嘿，我明白了。就像一个计算机程序，"维克说，"你越想要它多做点事，程序就必须越复杂。一些计算机语言很简单，比如培基语言，而有些则更难，但它们可以用更少的指令做更多的事情。"

卢比卡斯心事重重地低头看着手中的卷轴，开始念咒。维克从没听过这样的语言，丰富而深刻，几乎像音乐；他能感受到话语中的力量。圣者念完后放下卷轴，闭上眼睛，小声说："变。"

"看吧？"维克说，"这是什么意思？"

"这意味着，"莱珊德拉用平静的声音回答，"'咒语已经念完，就这么做吧。'"

"所有意思都在两个音节中吗？"

红棕发少女耸了耸肩。"就像圣者告诉你们的那样，因律言充满了力量。字不多就能表达很多意思。"

维克和格温对视了一眼，然后环顾实验室。"但是，呃，魔法刚刚做了什么？"维克问道。

"它失败了。"格温说。

"嗯，我对此表示怀疑。这是一个很好的魔法，我一直打算试试。去外面看看。"

谢里夫第一个来到窗前，维克紧随其后。伴随着一阵噼啪声，植物的藤蔓爬上了白墙。藤蔓从塔楼底部多石的土壤中伸出，带着棕色的木茎和绿色的叶簇绕着石墙蜿蜒向上。

卢比卡斯的目光越过他们的肩膀飘向窗外。"我想是葡萄藤。希望它们不要长得太高——如果它们离地面太远就没人想摘葡萄了，我不想看到鸟群吃光葡萄。"

水晶门：岛屿之国

透过窗子，他们看到奥菲恩在午后阳光下急忙爬上陡峭山坡上的石板路。他看着藤蔓，英俊的脸上眉头紧皱，然后摇了摇头表示不赞成。维克想知道为什么这个助理看起来总是那么煞风景。

进入塔楼后，奥菲恩在工作台上放下一个大袋子。"卢比卡斯圣者，我看到你在陪孩子们玩耍，用无聊的魔术逗他们开心。您完成保护伊兰蒂亚、抵御梅隆进攻的工作了吗？"他用责备的语气说。

卢比卡斯被责备了几句，离开了窗边，那儿现在已经全是叶片了。"当然，当然。我们最好马上开始工作。"年长的圣者看着维克和格温，"可惜我的笔记和我用的卷轴都在你们到来时被烧毁了，现在没法用了，所以如果你们想学更多你们需要的魔法，我建议你们去思学馆。"

"当然，"维克说，"呃，思学馆究竟是什么地方？""一个卷轴储存库，储存着从水晶门连接的各个世界收集来的魔法、知识卷轴。""换句话说，图书馆，"格温说，"思学馆就是一个思考和学习的地方。"莱珊德拉说："我可以告诉你它在哪儿。""我要飞去治疗厅。圣者想再次检查提亚雷特的伤口，督促她好好休息，"谢里夫说，"因为我救了她，所以我觉得我有义务关心这些事情。""是的，我们救了她。"尽管有一丝嫉妒，维克还是觉得谢里夫很明显是在逃避去图书馆花好几个小时翻找落满灰尘的卷轴。维克不怪他。他也宁愿自己坐飞毯出门，但他真的想确保自己能再次见到爸爸。

格温已经从顽固的人变成了主导的人。她是第一个到门口的。"要是我们要做研究，思学馆是一个很好的起点。尽早收集需要的所有信息，我们就可以尽早回家。"

第十七章

　　气势雄伟的思学馆是希塔德尔学院建筑群中最大的建筑之一。它由经过抛光的白色石料建成，表面金光闪闪的；卷轴库由五个同心五边形建筑组成，从外到内五边形直径逐渐变小但高度越来越高。

　　莱珊德拉似乎对这个结构非常自豪。"每个房间的空间正好一样大。"

　　维克转过头仰望高高的天花板。五边形天窗和日阿迦水晶交替出现，如此一来，思学馆无论是在白天还是晚上的任何时候都光线充足。"数字5对于伊兰蒂亚人来说一定有特别的意义。"

　　格温在他身边轻哼了一声。"精彩的推论，福尔摩斯。我们的徽章也是五边形的，我实在觉得我们的妈妈一定和这个地方有关系。"

　　"如果我爸想打开一扇水晶门，那么我敢打赌他是以为来到这儿就能找到我妈。"维克叹了长长的一口气，"他们没告诉我们

水晶门：岛屿之国

的事情太多了——我打算一回去就问他。"

莱珊德拉摊开双手。"你们打算怎么开始研究？"

格温环视了巨大的五边形图书馆，然后转过身来，那双紫罗兰色的眼睛向上看，就像她思考时经常做的那样。"首先，我觉得我们应该找到关于水晶门的部分藏书，做些研究。"

"从简单的事情开始。"维克假装严肃表情，抿了抿唇，点了点头，"然后……？"

"第二，我们要多了解一下卢比卡斯用过的那些阿迦水晶。他说这些水晶很少见。你爸爸在日光浴室里也摆放了水晶。我想知道它们是什么样的水晶。"

"第三呢？"

"第三，我们要根据了解到的情况去收集需要的资料。第四，"在维克打断她的列举之前，她继续说，"我们也像你爸爸和卢比卡斯那样摆个阵列，然后测试一下。如果一切顺利……第五，我们就能回家。还有什么比这更容易的呢？"

"啊，简单的五个步骤——又是这个神奇的数字。而这一切……又简单方便又含糊不清。"维克伸出拇指和食指摸着下巴，样子就像他爸爸的博物馆馆长朋友的漫画里的人物，"再告诉我一遍，我们是怎么开始第一步——研究的，是研究吗？"他知道她讨厌他用这样的激将法，可他就是控制不住自己，"不知道这里有没有某种伊兰蒂亚搜索引擎或者在线卡片编目系统。"他看向莱珊德拉寻求帮助。

一抹粉色爬上了格温的脸颊。"嗯，我们当然要问问谁。这儿应该有个图书管理员——"

她转过身，准备开始寻找——却撞上了一个矮胖的年长绅

第十七章

士,他的脸圆圆的,看起来很慈祥。他面团状的鼻子上方有一双睿智的眼睛。"事实上,我们自称思学馆馆员。我能为你们效劳吗?"

格温的脸颊再次变成粉红色。"我不知道有人站在我后面。"

男人把胖乎乎的手交叉放在身前。"我注意到你们已经在这里待了几分钟了,还没有拿卷轴来看。"

"我们以前从没来过这儿,"维克说,"我们只是在想要去哪里。"

"思学馆馆员佐塔斯很乐意帮助你们,"莱珊德拉说,"他经常帮助我。"男人的眼中闪烁着光芒。"我在这里工作最大的乐趣之一就是向新人介绍思学馆。我在这里就只是帮人找卷轴。请允许我带你们到处转转。一旦你们了解了我们的系统,就能找到你们需要的任何东西。你们是为了希塔德尔学院的项目吗?还是出于个人兴趣?"

格温清了清嗓子:"出于个人兴趣,但是非常重要。"

莱珊德拉补充道:"我的朋友们在寻找关于打开水晶门的信息。"

维克低声对堂姐说:"我也认为这是第一步。"

在接下来的一小时里,佐塔斯向维克、格温介绍了思学馆内珍藏的海量卷轴,堪称奇迹。思学馆内的每个五边形部分被称为五角室。除了拱形门廊,所有墙壁,从地板到天花板都摆满了架子,里面塞满了保存完好的卷轴。

最容易够到的较低的架子上放着最厚的卷轴,里面记录了从历史到医疗、哲学、魔法理论、科学等许多方面的内容。高处的架子上放着更精致的法术卷轴,里面都是用强大的阿迦墨水写

· 107 ·

水晶门：岛屿之国

下的。

当佐塔斯带领他们穿过拱门进入下一间五角室时，一个小黑影从空中掠过，飞速下落在这位胖胖的思学馆馆员面前。维克觉得这一定是只巨型飞甲虫，但它的动作又过于精准细腻。更像是一只蜂鸟。

格温喘着气。"那是小精灵吗？真的吗？"

维克看着盘旋的生物，发现它确实有着看似模糊的人形，却与谢里夫那发光水晶球里的空灵的皮里大不相同。

佐塔斯伸出手掌，那个带翅膀的小东西停在他手上。维克觉得这个飞来飞去的生物看起来像防御长老海拉莎，他们在提亚雷特讲故事时见过她。这个人影穿着一件有点希腊风格的红色长袍，长袍从左肩开始用流畅的褶皱包裹上身；在右臀部由一个闪闪发光的胸针扣住，在腰部露出大量皮肤，下身半裙低低地挂在胯上，飘扬的布边垂到脚踝。

"哇，"维克说，"神奇的缩小版女人？"

思学馆馆员没有抬头，轻笑道："不是海拉莎本人，只是带着她信息的丝歌丽。"他对手掌上的生物说，"请报信息。"

丝歌丽模仿的海拉莎傲慢地凝视他。"我马上需要三张法术卷轴：一张用于煮沸大量的油，一张用于火焰弹射器，一张用于治疗烧伤。不要让我久等。波勒普圣者正在帮我寻找武器。这是目前最紧急的事。"丝歌丽把手放到身侧，"需要重复吗？"

"不用了，谢谢你，"佐塔斯回答道，"你现在可以回去了。"

小人影一闪光变成了五英寸高的女性，只有翅膀，穿着一双小小的透明拖鞋。"需要回复吗？"

佐塔斯抬起一只手在空中划了两圈。"不需要。海拉莎不想

第十七章

和我说话。她只想要卷轴。"又出现两只丝歌丽,落在了他掌心上第一只的旁边。

莱珊德拉向堂姐弟解释说:"丝歌丽能够举起比自己重得多的东西,可是三卷卷轴实在是太重了。它们每只都只拿一卷。"

佐塔斯敲了敲第一只丝歌丽的头。"给海拉莎一卷煮沸油的法术卷轴。"

"给海拉莎一卷煮沸油的法术卷轴。"丝歌丽重复了一遍,然后用媲美蜂鸟的速度飞走了。

格温一脸关心地问:"海拉莎说事情很紧急——是我们受到攻击了吗?"

佐塔斯捏了捏鼻梁。"对于海拉莎而言,所有事情都很紧急。"

另外两只丝歌丽也去完成任务了,佐塔斯继续带他们游览。在每间五角室里,大理石地板上都镶嵌着关于室内所储卷轴的马赛克——历史、科学、农业、魔法等方面的场景。光滑的石凳坐落在每条长廊的中心。

中间那间五角室是维克最喜欢的。和其他楼层的五角室一样,周边摆放着架子,但房间最里面上方三分之一的墙体完全由玻璃制成,就像完美的五面水晶升向空中,让阳光照射进来。石雕长凳和小树环绕着多层滴水喷泉。小小的日阿迦水晶挂在树上,天黑后为读者提供照明。散落在地板上的柔软靠垫为年轻访客提供舒适的休息场所。十几个新生、学徒和圣者在桌前默默工作,认真研读卷轴,做笔记。

格温看着房间里的其他人。"只有巫师才能施放卷轴上的法术吗?"

水晶门：岛屿之国

"你只要能念出来就能施放。"思学馆馆员微笑道。

"我们上幼儿园之前就会念字了，"维克说，"我们两个都会。"

格温轻轻一拳打在他手臂上。"你什么时候学会念伊兰蒂亚的文字了？莱珊德拉只是帮我们学会了讲话，并不代表你能看得懂这些文字符号。他们对我来说就像象形文字，加了点日语和阿拉伯语。"

"哦。说得好，"维克垂头丧气地说，"我们永远看不懂。"然后他满怀希望地转向红棕发少女，"你能像教我们说伊兰蒂亚语一样，教我们念伊兰蒂亚的文字吗？"

莱珊德拉摇了摇头。"唉，维克斯，有些事情真的必须要学。"

"太好了，"维克呻吟着说，"看来是重返校园了。"

"我们希塔德尔学院里的课程都很有启发性，学生都很满意，内容都很有趣。"虽然没有必要，但是莱珊德拉故意碰了碰维克的手臂，"我很高兴和你一起上发现课或练习课，维克斯。"她脸红了，瞥了格温一眼，"和你俩一起。"

"呃，也许这个法术实验不起作用，"维克说，被莱珊德拉的关注搞得有点难为情，"是不是？"

与此同时，思学馆馆员给他们带来了一卷气势磅礴的卷轴。"这是用古语写成的，用阿迦墨水写在了卷轴上。你们能看到，它比用简单的伊兰蒂亚语写成的法术复杂得多。"

"现在的*咒语*看起来像象形文字。"维克说。

"每次使用卷轴都会释放一些魔力，墨水会变淡。法术的威力决定了卷轴变成一片空白前能使用的次数。一旦卷轴使用次数

第十七章

耗尽，它会被送回这里，刻上新的咒语。"佐塔斯扫视着架子，仿佛在脑海里重新整理了卷轴，"常见的日常法术——比如召唤精灵、加热炉子——是通过印刷机的泽利德姆刻版批量生产的，过程由希塔德尔学院中的圣者监督，这些法术是用简单的伊兰蒂亚语写成的。有的印有拼音图标，以便儿童也能使用。"

思学馆馆员给他们每人发了一卷小巧轻便的卷轴，小小的像是卷起来的纸片。"这些是我们拥有的最简单的法术。它们可以用来召唤精灵，你们可以告诉精灵你们想要的卷轴。"他向他们展示了怎么理解简单图标，然后检索架子上其他的简单法术，"而这些法术是用来翻译的。当你们唤起这些符号时，你们就会理解正在研究的卷轴中的概念。你念不出咒语，但你能明白你在读什么。翻译法术是为研究而设计的。"

"这正是我们需要的。"格温说。

佐塔斯将指尖按在了一起。"如果你们有问题，请来找我。"他轻轻一鞠躬，离开了他们。

堂姐弟找到空桌子和座位后，莱珊德拉也要离开他们了。"既然你们可以自己行动了，那我必须去做其他事情了。我还没顾得上翻译课和外交课的学业。"说完，她离开了思学馆。

格温着急开始研究，她展开用于召唤精灵的儿童版卷轴，模仿思学馆馆员念出印在那里的三个声音。什么都没有发生。她看起来很失望，想要叫佐塔斯回来。"我确定是按他教的方式念的，我相信发音是对的。"

"嘘，博士！你尝试了两秒钟就已经放弃了吗？你记得念那个神奇的单词了吗？"

"啊对！变。"在她下次吸气前，一只丝歌丽出现在她面前，

水晶门：岛屿之国

盘旋着，"你好可爱！我需要看与打开水晶门有关的法术卷轴。你能不能帮我找来？"

"你需要来回多少次都可以。"维克对飞着的生物补充了一句。

一次又一次，丝歌丽运回了与水晶门有关的史书、论文、专著。堂姐弟施放了理解法术，浏览了一个又一个资料，寻找有用信息。

开门的咒语有几种变体，多亏了思学馆中的丝歌丽帮助，他们"阅读"了足够多的关于水晶门咒语的资料来理解使用钥匙的模式和条件。就连维克都没有被这些研究文献绊住。他俩用尽了卷轴中召唤丝歌丽的次数，但都是值得的。

丝歌丽飞去归还他俩用过的卷轴时，维克不安地仔细观察中央五角室里低处的架子。突然，他的心脏漏了一拍。在那儿，有一个放着一卷厚重卷轴的石架，石架边缘画着一个手绘图案，是那个符号。**那个符号**。他们母亲给他们的徽章上有的那个符号。他向格温招了招手，把符号指给她看。

她也兴奋起来。"这也许是预兆？我们看下这卷卷轴。"

在理解法术的帮助下，他们看了这卷厚重的羊皮纸卷轴，发现了今天精灵没有找到的东西：一份写于**大封锁**之前的打开新水晶门的单一理论。它在一个复杂的模型中使用了水、棱镜和水晶。阵列的摆放角度很精确，间隔距离是经过测量后确定的，棱镜倾斜放置，便于放大和反射水晶的能量。维克认为这个方法值得一试。这是他们唯一的线索。

几个小时后，维克的肚子为了晚餐咕咕直叫，夜幕笼罩着岛屿，他们再次找到佐塔斯，问他架子上的符号。他大吃一惊，说

第十七章

他以前从未注意到这个符号,没法给他们任何解释。维克不太相信。

"我们可以把这些带回希塔德尔学院的房间吗?"格温拿着几卷卷轴问道。

思学馆馆员微笑道:"我们的丝歌丽记得住谁拿了卷轴。我会让它们知道你们找到的最后一份卷轴的。你们看完之后,请人召唤一只精灵,然后它会把卷轴放回相应的架子上。"

"太好了,"维克说,"现在我们只需要五颗星阿迦水晶就能开始实验了。做实验时,也许我们应该许愿得到几百万美元,以及世界和平。"

佐塔斯把头偏向一侧。"你们需要星阿迦吗?暂时用一下还是长期要用的?你们的研究需要多长时间?"

"就暂时用一下——如果它有用的话,"格温说,"最多就用几天。"

"那样的话,"佐塔斯说,"我知道你们可以从哪里借点。"

第十八章

第二天,格温和维克带着示意图、几卷卷轴,和记有关于开门法术卷轴里的若干咒语变体的笔记,花了几个小时在希塔德尔学院学习中心的建筑群间游走,从教室到实验室,问遍了圣者。他们收集到了盆、棱镜、测量装置和水晶。佐塔斯已经为他们指明了正确的方向——正如格温想的那样,思学馆馆员尽职尽责。

身穿蓝色长袍的治学长老奎司塔斯,使用星阿迦水晶来增强记忆力,创作了出色的自我演奏乐器。"恐怕我的水晶很小,不如卢比卡斯圣者失去的那么强大,"好心的奎司塔斯说,带着歉意的笑容向他们展示了拳头大小的晶石,"星阿迦水晶和学习经验一样稀有而宝贵。卢比卡斯和五行会会谈时,他告诉我们他相信你们两个人也是有价值的。你们穿过我们甚至不知道其存在的水晶门,从另一个世界来到这儿。我很乐意把这些水晶借给你们,帮你们试着重新打开那扇门。也许有天我们彼此的世界可以交换学生,也交换思想。"说完,这位长老郑重地递过他的宝物。

第十八章

"告诉我——你们的世界里有音乐吗?"圣者在他们走之前问道。

"有各种各样的音乐,"格温说,"我收藏了很多CD和电子文件——那是我们播放音乐的方式。维克喜欢的音乐比我喜欢的更硬核。"

"如果你大声放出来,音乐会更好听。"她的堂弟说。

尽管他们急于离开,奎司塔斯还是问了他们都喜欢什么样的音乐。鉴于他慷慨借出了他们需要的水晶,格温觉得有义务告诉他她知道的一切,从古典乐到赞美诗,再到前40首热门歌曲,再到聒噪的重金属歌曲。堂姐弟甚至用唱歌或哼唱来展现不同的音乐风格。

"如果你们真的能回到自己的世界,然后再回到我们这儿,"蓝袍长老说,"我很想听听这些音乐。"

"没问题,"维克说,"我可以把我所有'荒岛音乐'的歌都带来。"

"荒岛音乐?"奎司塔斯挑了挑眉毛,"是什么意思?"

"如果我被困在一座岛上,那就是我想要带上陪伴自己的音乐。"

"我们是被困在一座岛上,泰兹。"格温指出。

"除非我们能找到有用的法术。"她指了指那些收集到的东西。他们再次感谢了奎司塔斯,然后回到了卢比卡斯的实验室。

✿

研究楼一如既往的混乱。卢比卡斯完全专注于法术卷轴的碎片和草稿,奥菲恩在协助他。这个徒弟警惕地看着两人带着卷轴

水晶门：岛屿之国

和水晶进门。

"你们从哪儿得到的这些星阿迦水晶？"奥菲恩问，"在你们弄坏它们之前，把它们给我。"

"奎司塔斯长老借给我们的。我们的实验需要这些水晶。"

"好吧，实验室里没有空间让你们再摆个全新的阵列了。"助手指着杂乱的卷轴和装满阿迦水晶墨水的闪闪发光的罐子，"我们正在忙五行会的重要工作。"

永远乐观的维克看向旋转楼梯。"我们自己来做所有事情。塔楼平台怎么样？上面有足够的空间。"

"很好，"卢比卡斯说，"很高兴看到你这般雄心壮志。"

"不过，我们首先要问几个问题。"格温喋喋不休地问出了一系列问题：卢比卡斯一开始的阵列是如何设置的？为什么他和奥菲恩决定用星阿迦？他们试过哪些开门咒语？他们成功的概率有多大？

大胡子圣者一一作答，但几分钟后奥菲恩打断了他。"卢比卡斯大师，您不能任由这些孩子分散您对紧急工作的注意力。"

卢比卡斯看了格温和维克一眼，眼里满含歉意。"做你们能做的。或许以后我能抽时间看看你们的情况。"

奥菲恩不赞成地瘪着嘴。"至少他们会避开我们的。"

格温和维克借到了需要的最后一样东西，然后爬上楼梯到了塔楼。在平台上，他们找到了一个空地来展开笔记和古老的魔法卷轴。

"看，有足够的工作空间。"维克说。

"让我检查一下。这些距离和角度必须非常精确。根据卷轴里说的，棱镜和透镜需要完全对齐。"格温用一根测量杆来确保

第十八章

地面上有足够的使用空间来让他们根据古老的图解排列水晶。

维克蹲在平台上,拖着脚在借来的卷轴间穿梭。"当然看起来很容易。"

"容易?我们正试着在世界之间打开一扇门。别指望有多容易。"

大师圣者之前解释过,在**大封锁**之前,圣者和钥匙偶尔能打开新的水晶门,但是那种魔法知识已经几乎消失了。然而不知道怎么回事,皮尔斯博士和卢比卡斯的实验相结合又再次做到了。维克盯着卷轴,坐立不安地走来走去。"虽然卢比卡斯的笔记没了,但我肯定能弄清楚这点。我要去写点东西。"他爬下楼梯去了卢比卡斯的实验室。

她那不专心的堂弟离开后,格温发现自己更容易集中注意力了。她踱来踱去,想象着这些水晶要放在哪里。她取出主要材料星阿迦水晶,并用海洋王国运动衫把水晶擦干净了。

维克回来了,带着一壶水、一张羊皮纸、一个装着闪光墨水的瓶子、光滑的手写笔。"嘘,我是没打算找到笔记本电脑或者打字机,但伊兰蒂亚这儿连铅笔和废纸都很难找到!"

格温惊讶地看着他。"这就是用来写法术的阿迦墨水吗!你确定卢比卡斯圣者说没问题吗?"

"他没在用这个墨水。再说了,我们不正是要试着写一个咒语吗?"

格温不知道堂弟在想什么,但她没有和他争辩。"只要你不打扰他工作。"

"他甚至都没有看到我。"维克又蹲了下来,用了一个翻译法术,开始照着卷轴随便涂画。

水晶门：岛屿之国

格温把空盆放在平台中央，放下量杯，用一小根贝壳粉笔画线。她计算了三遍角度，几乎到了吹毛求疵的地步，在每条亮光路线的尽头都画了点，星阿迦水晶会放在这些点上。

画好线后，她把拳头大小的星阿迦水晶放在了端点上，摆放好了镜子、透镜、棱镜，光芒中央的盆子向外发散到这些镜面上，就像国庆节烟花秀中的彩带。

"好了，咒语写完了。"维克举起羊皮纸，他在上面写了几行字，"因为我看不懂也写不来古语，所以我是用英语写的。这个咒语符合所有开门法术的一般模式。"

"英语是不行的！"格温难以置信地摇摇头。

"我从来没说能行。但是莱珊德拉能用伊兰蒂亚语写出咒语，又能为我们念出咒语。"

格温又回去量角度了。维克对她再三检查很不耐烦。"磨蹭什么呢？我想试试咒语。"

格温甩了甩金发，瞪着他。"我不是要阻止你。反正这个咒语不可能奏效——特别是当魔法要靠一手好字的话。"

"很搞笑。"他把壶里的水倒入了中央的盆子，退后一步，清了清嗓子，然后大声朗读起来：

"尊重我们的善意，带我们进入新的维度。用墨和笔写成卷轴里的咒语，让我们再次看到我们的家。地、火、气、海，在应在之地造一扇门。用精神钥匙打开那扇我们一直在寻找的门。透明如玻璃的水晶门，开门让我们过去。"

维克看到格温的反应，一脸戒备。"你在期待什么？更多乔叟的诗吗？"

尽管持怀疑态度，格温还是屏住了呼吸。维克等待着。他们

第十八章

看着彼此。什么都没有发生。

格温突然大笑起来,想起了维克在思学馆说她的话。"所以,分心博士,现在是谁忘了说那个神奇的词?"

"哦,对了——变!"

阵中的水晶开始发光。维克惊喜地叫喊出声,同时向后退。盆里的水在冒泡,晶石阵内的空气泛起涟漪,空间变得模糊起来,就像维克洗了很长时间的澡后起雾的镜子。然后最中间的一块镜面变得像窗户一样闪亮透明。

通往地球的窗户。

格温和维克倒吸一口凉气。

"卡普叔叔!"

"爸爸!"

在阵列的中央,是卡尔顿·皮尔斯博士在他们家中日光浴室里的身影。他正伸手调整阵列中的透镜,忽然又转过头看这新"窗子"。他仿佛直直看向格温和维克。

"我说过他不会放弃的!继续,爸爸——一定能起作用的。"维克冲向他爸的身影,"格温,来吧!谁知道这扇门还能开多久?"

但他直接穿过了他爸的身影。起初,他看起来很惊讶,然后是垂头丧气。"这根本不是水晶门。只是一个……能看到家的猫眼。"

他爸向他伸出手。"维克?"

"你能听到我们说话吗,卡普叔叔?"格温喊道。

视野更加清晰,皮尔斯博士似乎就站在他们面前,虽然他的身影像热成像图像一样有波动。他的脸上洋溢着喜悦。"你们没

水晶门：岛屿之国

事儿！你俩都到了伊兰蒂亚！"

格温简直不敢相信自己听到的。"你*知道*这些事情？关于伊兰蒂亚和水晶门的事情？"

"是的，我竭力想让我们所有人都安全活着。那天晚上，本来应该是我们三个逃走的——但只有你们两个穿过了门。你们在地球上会有危险。阿兹里克已经想杀死格温了。"

格温突然觉得心里发凉，想起那个奇怪的男人，他曾期待地看着虎鲸被操纵去攻击格温。"**那**是阿兹里克？那个眼神令人毛骨悚然的人？"

"阿兹里克？"维克喊道，"他是那个大坏蛋，对吗？那个杀了父母、追杀妹妹的黑暗圣者？他要对我们做什么？"

"他也在追杀你妈妈。我敢肯定是他策划了那场事故，杀害了格温的父母。现在他正在找你们。"对于被留在隐形壁垒的另一边，卡普叔叔似乎很沮丧，"但至少你们逃过了一劫。你们在地球不安全。你们必须留在伊兰蒂亚，在那儿，圣者能保护你们。"

格温很难接受卡普叔叔告诉他们的事情。她有太多的问题，不知道从哪里问起。然后"窗子"开始变得模糊。"卡普叔叔，这是怎么回事？请——"

他打断了她，感觉到他们快没时间了。"维克，你妈妈在开放世界的某个地方。卡亚拉意识到是阿兹里克杀死了瑞普和福耶拉，她想保护你们和我免受阿兹里克的攻击。她决定通过水晶门回去对抗阿兹里克，希望能带着阿兹里克远离我们。她的计划成功了，至少有段时间是成功的。"

皮尔斯博士的身影摇晃起来，他的话变得断断续续的。

第十八章

"——你们的力量。我会继续努力赶往伊兰蒂亚的。努力学习——"他的话再次中断,他提高了嗓门大声喊,听起来像是一场风暴正在他周围呼啸,"维克,找到你妈!她可能是在躲着阿兹里克,但她——"

他的话断掉了,他们现在几乎看不到他了。晶体正变得黯淡。"爸爸!"维克喊道。随即画面就淡去了,只留下空中一片模糊。水盆干了,星阿迦水晶不再发光。

格温和维克对视了很久,都说不出话,他们的喉咙被一千个问题堵住了。最后,维克声音沙哑地说:"我们用英文写咒语都能做到这样,想象一下我们用*正确的*语言写咒语会发生什么!"

第十九章

当兴奋的堂姐弟从塔楼冲进实验室，就连卢比卡斯也怀疑他们说的。"你俩应该无法施放魔法！"圣者说。

"更不用说用的是粗俗语言了，这种语言的历史不足以产生真正的力量。"奥菲恩拿走了维克写下咒语的羊皮纸，"你用了我们珍贵的阿迦墨水？就为了你的小……游戏？你根本没有受过训练。"

"嘿，成功了，不是吗？"维克说。

"这是你说的。"

格温也对奥菲恩的态度越来越不耐烦。"我们很高兴再向你展示一遍。还在这个地方。"

"嗯，我担心这会给星阿迦水晶带来太多压力，"卢比卡斯说，"让水晶冷却恢复吧。把你们的物资留在那儿。今晚我们不用这座塔，明天奥菲恩和我将专心见证这个奇迹。"他抚摸着胡须，像是在重新考虑什么，"你们说的是窗户？而不是一扇能进

第十九章

行运输的真正的水晶门，只是向你们展现了男人的影像——"

"不仅仅是个男人。他是我爸！"维克叫嚷道。

"嗯，也许窗户不算违反**大封锁**的规矩。我必须进一步考虑这点。"

"*稍后，卢比卡斯大师，*"奥菲恩严肃地说，"我们现在有工作要做。"

他们不得不等待，格温显然对此感到很失望。因为卡普叔叔关于阿兹里克的警告，他们知道自己不能回家，但是格温和维克都非常想把他带到这儿来。如果他们不能一起在地球上，那么至少他们应该一起安全地待在伊兰蒂亚。

日落已经将天空染上橙色和粉色，奥菲恩点亮了一颗水晶来照亮实验室。"等天全亮了——明天就到了，"格温说，"我们的朋友也到了。"

⊱━━━━⊰

第二天，他们都回到了圣者的塔楼，莱珊德拉和谢里夫钦佩堂姐弟俩表现出的聪明才智，不仅在于他们发现了咒语变体和思学馆中的徽章符号，还在于请奎司塔斯长老把他的星阿迦水晶借给了他们。

"坚持的力量。"格温说，她正急切地研究水晶、棱镜、透镜和水盆的摆放，它们昨晚一直留在原地。她昨天仔细地测量过所有数据，今天也保证水盆装满了水。但不知道为什么，虽然每个水晶都在标记点上，但是阵列看起来不太对。格温强迫自己停下又一轮的测量。维克会抱怨她有强迫症的。

维克站得离莱珊德拉非常近，她正研究这个新的开门咒语。

水晶门：岛屿之国

她用伊兰蒂亚语转写了咒语，他已经给她大声念过了转写的咒语。她说："我提炼了这些短语。我只知道几句因律言，不过我把它们和伊兰蒂亚语结合在一起了。我相信会有帮助的。"会心灵感应的女孩笑了，"如果一切正常，这次咒语的效果应该会比昨天更好。"

格温希望，用合适语言写下的咒语会有足够的魔力来为卡普叔叔打开一扇门，而不仅仅是让他们看到彼此。

卢比卡斯和他的助手看了一眼莱珊德拉手上的卷轴，看着令其增色不少的水晶墨迹，就像飞蛾在维克凌乱的笔迹上飞掠而过留下的细微痕迹。

奥菲恩似乎对此不认同。"很好，让我们试试，这样圣者和我就可以回去工作了。伊兰蒂亚的防御比这更重要。"

谢里夫坐下来，双臂交叉在胸前，仿佛这个活动非常有趣。他让住着小精灵的水晶球稳稳地待在肩上，就像海盗肩上的鹦鹉一样。球体发出微弱的浅绿色光芒，皮里也透过球面好奇地看着实验进展。

卢比卡斯指着水晶阵列。"你根据水晶的大小测量整个阵列的角度和长度了吗？"

"测量过好几次。"格温骄傲地扬起下巴。

"不止几次，"维克喃喃道，"试了有一千次了。"

莱珊德拉举起那张羊皮纸。"我准备好了。"没有再耽搁，娇小少女念出了咒语。

随着她吟唱般的话音出现，阵列中的水晶开始发出微光。美丽的色彩变得更加明亮，色调和色度都发生了变化。莱珊德拉继续念咒。她抬起头，看到水晶在镜子间闪烁着，光芒从棱镜上散

第十九章

开,水冒着泡。她继续用更大的声音念完了咒语。水晶变得越来越亮。

皮里的球体也更亮了,仿佛是在回应。

格温的喉咙因期待而发干。在她身旁,维克没有眨眼;他似乎甚至没有呼吸。

和之前一样,阵列中央的空气中出现了微光。但这次的看起来更大,不仅仅是一扇可以看到地球的窗户,还能看到……在门口完全成形之前,晶石阵的标记点变得炽热。水从盆里喷出,又让清晰的地方变得模糊,遮住了影像。

"呃,怎么了?"维克大喊,"那不应该——"

晶石却烧得更亮了。**更亮了**。小精灵捂住了眼睛,想用白光遮住自己。

阵列中央变暗了,令人失望地变回了透明的空气。三块星阿迦水晶都像关了的手电筒一样变暗了,但其中两块的微光却更强烈。炽热的光透过棱镜、透镜被强化,变得更加明亮,伤到了格温的眼睛。

"这和昨天的情景不一样。"格温说。

水晶像突然熄灭的灯火一样,炸出火花,一直闪光,接着裂开了,变成黑色的残块。最后的光芒像瞬间融化的雪花一样在空中闪烁。刚空了的水盆也碎裂了。

莱珊德拉低头看着手中的卷轴,似乎是在确定自己读对了每一个字。

格温坐到平台地上。"很接近了。"

卢比卡斯看着烧焦的水晶块叹了口气。"那些是非常珍贵的晶体。我怕奎司塔斯长老知道水晶烧毁了会难过。"

水晶门：岛屿之国

奥菲恩摇了摇头。"原因很明显——阵列摆放得不对。至少有一个角度是错的。或者距离不对，有可能两者都有不对的地方。这太浪费星阿迦了。"他对格温皱起眉头，让格温觉得自己好像真的有点失败，"这是非常细致的操作，而这两个人从未在希塔德尔学院上过一次课。"

圣者抚了抚胡须。"唔。很幸运，我们没有人受伤。"

格温愤愤不平地站起来。"但根本不是这样的。我一直在反复测量！"奥菲恩施舍般看了她一眼。

卢比卡斯再次叹了口气。"现在争论也没用了。奥菲恩和我必须回到我们的咒语工作上。我们马上要有突破了。现在，你们能不能帮忙清理一下呢？"他似乎没有责备谁，圣者指了指破败的阵列，再次看向格温，"我希望你们去向奎司塔斯长老道个歉。"然后长者和助手走下旋转楼梯回了实验室。

格温感到既沮丧又困惑。维克说："博士，这不是你的错。我一直看着你的——事实上，我看你都看得烦了。你没有犯任何错误。"

"然而，阵列显然出了问题。"谢里夫说。

"我不明白，"格温重复道，"我很小心的。我用粉笔标记了位置。"她走到两个黑化晶体旁，然后又走到其他完整的晶体旁，她举起一块完好无损的水晶，"看到没？有我的粉笔标记。"她走到其他人身边，证明自己不是在凭空想象。

完整的晶体上明显有粉笔的痕迹。她又去了那些变黑的晶体旁，也发现了粉笔的痕迹。但这时有东西引起了她的注意。在旁边几英寸处，她看到另一个细微的痕迹。"等等！"她弯腰靠近看。可以肯定那里是另一个粉笔标记，但有人把它擦掉了。"这

第十九章

颗水晶被动过了!"

维克从第二颗变黑的水晶看下去,一直找,直到发现了另一个粉笔点的模糊踪影。"是的,这儿也是。肯定有人动过这些水晶。"

"我就知道应该重新测量一遍!"格温握紧了拳头。

"我们这儿有句谚语:适时的一点怀疑就能防止灾难发生。"谢里夫说。

格温现在很生气,紫色的眼睛闪着光看着她的朋友们。"如果我犯了错误,我会承认。但这不是我的错。有人破坏了实验。有人知道我们打算测试这个晶体阵列——但他不希望阵列起作用。"

"为什么有人要做出这种疯狂的事?"维克说。

格温眯起眼睛。"为了阻止我们。"

第二十章

在希塔德尔学院宿舍里,维克一整晚都看着他的堂姐对实验遭到破坏的事耿耿于怀。他也很生气,但也很困惑。在海洋王国时,他爸说要藏起来,但维克没想到会是藏到像伊兰蒂亚这样的地方。他爸通过神奇窗户发出的警告已经说服了他,他和格温将不得不留在这个岛国。

所以,不管怎样,他们必须要好好适应,利用好这里意想不到的新条件。但如果有人为了阻止他们再次和他爸取得联系或者打开通往地球的门,破坏了水晶阵,伊兰蒂亚也许就没有他爸希望的那么安全。

"我们要学很多东西。"格温说。

"不开玩笑了。"维克堪堪忍住翻白眼的冲动。

"所以是时候开始了。"

第二天早上,这对堂姐弟跟着莱珊德拉和谢里夫到希塔德尔学院开始第一天的正式学习,维克努力保持心态开放。不幸的

第二十章

是,他的运气比在斯蒂芬·霍金高中时更差,高中里有几个视校规为铁律的工作人员,有不理解他怪癖的老师,也有赞赏他非正统(但常有效)的学习方式的老师。

如果对某个学科感兴趣,维克可以静坐好几个小时,集中注意力,直到腿抽筋。格温就开玩笑说,在这种时候她就算带着铜管乐队进来,他也不会抬头。但对于大多数科目,他的注意力在标准教室里很容易因干扰而分散。

维克轻轻咕哝道:"正是我需要的:一批新老师告诉我我有多愚蠢。"

"我们的圣者不是这样教的,"莱珊德拉向他保证,"比如,在发现课上,圣者引导讨论,提出发人深省的问题,所有学生走时都能对知识有更丰富的理解。"

嗯,这听起来确实比黑板和问答题更有趣。"这有点像讲座,更有难度的那种。"

莱珊德拉把手放到他的手臂上,从他脑中看到情境。"啊,我明白了。老师没有让学生得出什么结论。发现课结束之后,会得出许多观点,小组中还会继续进行热烈的讨论。"

"没有作业。没有练习册。没有论文。没有错误的答案——听起来就像我会喜欢的课,"维克承认,"我想知道期末考试是什么样的。"

莱珊德拉笑了。"生活就是'期末考试'。不过,我们今日的发现终会投入实践,我们将在实践中运用学到的一切。"

希塔德尔学院的建筑群由有顶走道相连,中间散布着拱门、花园、喷泉和水钟。甚至连雕塑都装有阳光驱动的水晶引擎,能够移动。

· 129 ·

水晶门：岛屿之国

  谢里夫熟练地让皮里的发光水晶球沿着手臂上下滚动，然后双手平衡地接住了球。他继续表演水晶球杂耍时，水晶球闪烁着的粉红色光芒表明小精灵十分享受这种游戏。

  莱珊德拉领着他们进入一个灯火通明、通风良好的房间。四个人在石凳上落座后，学徒和其他新人学生——新生——坐在房间四处。六张长桌上摆满了装有粉末的碗、装有彩色液体的烧杯，以及粗略打磨过的宝石，每当光线照射到，宝石就会冒出烟雾。

  "哦！"格温茫然地环顾四周，"我们没有带文具。我没办法记笔记。"

  "你带脑子了吗？"谢里夫把皮里塞回网袋，"你只需要带上脑子。"

  维克极力憋着，决定不取笑他的堂姐。

  令他惊讶的是，葵母波勒普圣者是他们的老师。机械躯体中的多眼水母天才完全不像维克遇到过的任何一位老师——这是个好兆头。"我希望他不要布置作业。"

  "我们今天的目标，"波勒普圣者开始授课了，"是检查各种晶石及其化合物，了解每种晶石如何折射、吸收、散发出魔法物质。"立体声从他那具人造身体的内置扬声器里传出。

  "换句话说，这是一堂化学课。"格温对维克耳语。

  "我们魔力的主要动力是什么？"波勒普问。

  新生和学徒开始回答圣者的问题，维克发现他甚至都不想走神。他得知伊兰蒂亚的魔法是由七种不同的阿迦水晶来驱动的，大家传阅、讨论每一种水晶。火阿迦都是红色的，日阿迦是橙色的，尘阿迦是黄色的，海阿迦是绿色的，风阿迦是蓝色的，真阿

第二十章

迦——分辨真相和谎言——是白色的，而最稀有的星阿迦是紫色的。

"我不会向你们解说这些水晶的特性。你们将自己见证。这是最好的学习方式。"

在发现课的最后，葵母圣者把学生们叫到实验桌前。维克站在他的堂姐身旁，被展示的各种样品液体和粉末水晶迷住了。

水晶有不同形态，从糖粉状到小卵石状，都各有特性。有的闪耀着耀眼的光芒，有的散发出五颜六色的烟雾。有的粉末混合在一起时融化成流动的液体，像活物一样混杂滚动着，但到了暗处很快就变干了，又缩成细小的晶粒。

波勒普圣者在一群学生中间移动机械身体，漂浮的葵母用他环状的眼睛看着他们。"我住在水下时没有机会研究干燥的阿迦水晶。但是梅隆人强迫我们进行各种各样的测试，发现元素。"

"我想你也不能用火阿迦，"格温说，"上化学实验课时，我们用煤气灯加热物质。"

波勒普在她的实验桌旁停了下来。"某些火焰确实能在水下燃烧，海底有熔岩流动的喷口。梅隆人命令装甲巨型海龟在火山缝隙进行实验，方便他们研究元素的作用。就在我逃离梅隆人奴役不久前，我只被带去过一次燃烧的裂缝旁。"

"那你是怎么逃离的？"维克问，"我敢打赌是场大冒险。"

"这不是课上要讲的故事，"波勒普回答，"梅隆人居住的水域昏暗而凉爽。在他们的城市里，海带花园和珊瑚架能遮挡掉一部分上方的光线。这足以说明梅隆人不喜欢很强的热量或者很亮的灯光。"

奇怪的圣者去和其他学生交谈了。维克继续做实验——或者

· 131 ·

水晶门：岛屿之国

按他的说法：胡闹——直到他和同伴觉得已经探索完了所有可能性。

波勒普当啷当啷地回到大厅中央，让大家停下。"水晶粉末经过溶解、悬浮后可以制成阿迦墨水，就是我们用来写法术卷轴的墨水。特定图形的水晶粉末也可以从世界或者元素中调出魔力，并让魔力为我们所用。"

两个游历圣者给出几张画着简单几何图形的图片——圆形、三角形、梯形——还有一些波勒普圣者只简单展示过的复杂图形。"用水晶粉末画出这些图形，我们就能释放有用的能量。而这些复杂图形，"他指着那些特别的图纸，"新生和学徒不能画。你们可以从简单的图形开始。"

维克抓起一把粉末，洒落颗粒的感觉就像在画沙画，他想画一个三角形。他完成后，图形轮廓抖了一下，突然变成了完美的三角形，仿佛磁铁把铁屑吸入了格子里。"太酷了！"

格温画了一个不规则的圆形，它也卡入了一个完美的圆形轮廓。莱珊德拉摸了摸她画的长方形。"我的很温暖。"

格温试着摸了摸自己的圆形。"这个很冷。"

维克感到有股意外的微风从桌面三角形吹来。他玩得很开心，开始叠加图形，在第一个三角形外画了一个圆形，接着他惊讶地发现图形移动了，变成一个图形在内、另一个图形在外，随后又反了过来。维克不知道这个到底有什么用，但至少真的很好玩。

他们尝试了图形叠加，每个图形都给他们带来了意想不到的结果，从空气中的涟漪到嗡嗡声再到甜甜的金银花香。维克看到的结果里面，没有什么特别有用的。他想试一试高级图形，只是

第二十章

想显摆一下，但波勒普圣者已经把图片收起来了，他不记得图形都长什么样了。

突然，他有了主意。他拿出挂着妈妈给他的五边形徽章的钥匙扣。

莱珊德拉被他的动作所吸引，她的目光转向维克。"那个带有符号的小吊坠。我见过它——或者是类似的东西——在梦里。"她低声说，"一开始，它在波光粼粼的水面上旋转飞舞，然后它像海豚一样跃入海浪中。这是一个非常开心的梦，但最后有什么东西拉住了它，它沉入海底。"

维克做了个鬼脸。"我希望这并不预示着我会弄丢这个。如果真的弄丢了，我会非常难过的。"

莱珊德拉继续做自己的研究后，他又看着徽章。卢比卡斯当时看到它很兴奋，所以也许是这个图形设计很有意思。他一只手拿着徽章，尝试用桌子上的水晶粉末来临摹徽章上的环形、尖角和涡形，希望魔法本身知道怎么让线条变得笔直、让曲线变得平滑。

在过去的两年里，维克想念妈妈，他长久地待在房间里，只是盯着徽章看，努力理解它的意义。他一直想知道这些不寻常的符号代表了什么。画完最后一个环形后，他叫堂姐来看，"看，博士。我把那个符号——"

突然，新图形闪闪发光。它先发光，然后燃烧起来。"哇！"他退后一步，被眩光闪得眼睛都看不清了。

其他学生倒吸一口凉气，纷纷伸手指向那边。波勒普圣者在机械身体里转来转去，还有助教跑上前。

格温咕哝说："泰兹，你刚才做了什么？"

· 133 ·

水晶门：岛屿之国

图形烧得烫得吓人。维克想都没想——格温总是抱怨他的冲动——伸出手臂打横一扫，晶粉散落一地，图形毁掉了。光和热瞬间消失了，火熄灭了。

他看着实验台石面上现在已经烧焦的徽章符号。在他身旁，谢里夫把粉末从皮里的晶球表面和自己华丽的丝质衣服上拍掉。

波勒普圣者歪了歪自己头上的水箱，在令人紧张的漫长沉默后，说："那是一种强大的力量。"

"哎，别开玩笑了。"维克感到难堪，低下了头，"我……我不会再试第二次了，至少在我接受更多培训之前不会再试了。"

"明智的决定。"波勒普说。

"我已经上够化学课了。"维克看着格温，"也许我们应该考虑下节课学别的。"

莱珊德拉笑了，微笑里透着神秘。"好的。明天我们可以上另外的实践课——为期几天的远航训练。**金海象号**将在黎明启航。你们会享受在海上的生活的。"

第二十一章

尽管格温对海洋学感兴趣，但她从未登上过真正的帆船。有一次，卡普叔叔带他们去南加州旅游港口里的仿造快帆船上吃晚饭，但它只是一家餐厅，从未真正在海上航行过。**金海象号**的船体由木头制成，很坚固，甲板微微晃动，索具上还能看到蜘蛛网。它真的要从避风港驶向伊兰蒂亚的公海了。

莱珊德拉描述实地考察航行时，格温立马抓住了这个机会，维克也很快附和起来。这甚至比海洋王国游乐园更好玩！

第二天黎明前，谢里夫和莱珊德拉陪着堂姐弟俩到了港口。每人带了一小包衣物，衣物用防水布包着，保护着衣服免受元素影响。虽然卢比卡斯圣者已经给了格温和维克有用（尽管不怎么时尚）的换洗工作服，但他们仍然穿着牛仔裤和皱巴巴的海洋王国运动衫。

金海象号是一艘宽敞坚固的船，甲板宽阔，主桅杆高大，小型前桅从尖尖的船头探出，伸到水面上。橙色帆布做的主帆、中

水晶门：岛屿之国

帆和前帆上都用亮眼的图案缝着伊兰蒂亚的符号。一根又长又重的舵桨伸入水中，伸向船尾。

维克指着加固的船板和风化的甲板栏杆。"啧！那东西是旧的。"

莱珊德拉抿了抿唇。"作为往来于水晶门之间的运货慢船，**金海象号**服务了一个多世纪。现在这艘船常被用作希塔德尔学院的漂浮教室。"

"我希望它不会漏水。"

和往常一样，谢里夫用一只胳膊夹着飞毯，皮里像挂件一样挂在他脖子上的网里。他留了一只手牢牢地抓住卷起的飞毯的一端——提醒他们如有必要，可以采取紧急交通方式。

格温兴奋地登上船，经过堂弟身边，小跑到高出水面四米的跳板。格温的脚一踩到船上轻轻抖动的甲板上，她就知道这是真的船。**金海象号**是一件航海艺术品，展示了精湛的工艺。如果将海洋学作为事业，她将会研究高科技现代工艺，但这艘船有种神话和冒险的魅力。一艘帆船！

格温低头看着码头上的同伴。"快点，维克。你得看看这个！"

习惯了在薄薄的飞毯上保持平衡，谢里夫平稳地大步走上吱吱作响的坡道，和格温一起站在甲板上。莱珊德拉在登船路上走得有些不稳，维克正好走回来陪她一起，还英姿飒爽地伸出手。

"奇怪，"谢里夫若有所思地说，手肘靠在栏杆上，"我以前从没见过莱珊德拉走不稳过。幸好有维克斯去帮她。"

格温对着摇晃的娇小女孩笑了笑。"对。幸好。"很明显，维克被他们的翻译吸引了；而莱珊德拉不需要心灵感应就能看懂维

第二十一章

克的心思!

虽然这艘船停靠在平静的港口,但它似乎时刻都在变化,从来不在格温的脚期望的地方。不理会自己的恶心,格温对堂弟喊道:"很高兴你可以加入我们,分心博士。出了什么问题?这艘特大的船让你发愁了吗?"

维克微微红了脸,移开了视线。"我只是在等莱珊德拉……呃,研究这艘船。这艘船非常有意思。"

他们登船后,莱珊德拉松开了他的手臂。"那么近距离观察这一切时,你会更感兴趣。"

提亚雷特像只美洲虎一样从下面的船舱跑了上来。这位来自阿非里克的女孩现在看起来完全康复了,有点躁动不安。"我的朋友们!我听阿巴卡斯圣者说你们会上船。"

维克惊讶地看着她。"提亚雷特!我没想到你会那么快又踏上船!"

女孩皱眉。"克服恐惧最可靠的方法就是在它变强之前消灭它。我要再次航行,向自己证明没什么好怕的。"

"我明白,"谢里夫说,"就像我们那儿常说的,'恐惧是在阴暗的地方茁壮成长的杂草'。"

维克点点头表示赞同。"非常勇敢,尤其是你还不会游泳。"提亚雷特听到这句话表现得很不安,仿佛她只是勉强做到不去想溺水的问题。

谢里夫的厚嘴唇勾起了然的傻笑。"如果梅隆族攻击呢?需要我再去救你吗?"

"不,不用了。"提亚雷特把法杖尖头的一端打在木板上,"如果他们攻击我们,那么我们就杀了他们。"

水晶门：岛屿之国

莱珊德拉向朋友们挥挥手。"来，我带你们去转转。"

"你怎么对**金海象号**这么了解？"格温迈出一步跟在她身后，忽然觉得船面不稳。她听到绳索吱吱作响，水溅到船舷上。她抬头一看，桅杆似乎在来回晃动。

"因为我妈妈在航海课上教厨艺。"

格温退了一步，她的脑海浮现出和妈妈一起做饭的回忆：妈妈教她做美味的汤，两人一起烤妈妈称为"云饼干"的蛋白霜，福耶拉做外国菜时，她和爸爸为妈妈切蔬菜、水果或肉类，而妈妈就收拾野餐要吃的东西，那些他们要一起在海滩上吃的东西。

维克咧嘴一笑。"我们可以在船上学做饭吗？太棒了！"

格温一想到食物，胃就翻腾起来，突然感到非常头晕。甲板几乎没有动，但她感觉在乘坐缓慢升降的过山车，上升……下降……上升。"是啊，太棒了。"她语气虚弱地接下同伴的话。她的胃在紧缩，在翻腾。

无法摆脱晕船的感觉，她抓住栏杆，靠在栏杆上把早饭吐进了海水中。

∽∽∽

令格温十分懊恼的是，维克没有表现出晕船的迹象。一点都没有。可她才是那个想成为海洋生物学家的人！

在整趟**金海象号**之旅中，她的胃持续翻滚，维克表现出的所有好奇心的热情，她都希望自己也有精力表现出来。维克精力充沛，比起之前岛上的课程，他在航海课上更加兴奋。

探索完船长室、前甲板、货舱、船员舱，莱珊德拉把他们带到厨房，那里充满了浓郁的辣味和甜味。她向大家介绍了她妈

第二十一章

妈,凯莎,一个小个子但身体强健的女人,有着一头云朵般的红色卷发。

听到格温有点晕船,凯莎露出了安慰的笑容。"哦,这很容易解决的。"她在香料、干草药中翻找,"一点辛克根。总能平息一个翻江倒海的胃。"

格温接过了草药,咬着干干的根。她觉得身体很快平静下来了。

提亚雷特像猫一样优雅地溜进厨房。虽然她看起来已经准备好与狮子搏斗了,但是她也讨了一点辛克根。"如果它能帮助我保存体力、保持平衡,我就要做好准备。"

凯莎露出了有感染力的笑容。她摸了摸头和心,然后向提亚雷特伸出了手,给出了善意的回应。"啊,原来你就是来自阿非里克的新生吗?你一定要给我看看你们大草原的食谱。"

黑皮肤的少女把头偏向一边,然后点了点头。"那你一定要向我展示你最好的战斗技巧。有时厨房餐具也是高级武器。"

莱珊德拉的妈妈咯咯笑了。"我会的。但是首先,莱珊德拉,请带大家去睡觉的地方放好东西。第一节课马上就要开始了,我们一小时后启航。"

❦

绳索从码头上抛下后,**金海象号**驶出港口,驶入波光粼粼的开阔海域。维克从来没有想到,船上会有这么多繁重的杂务。

学生的年龄从七岁到三十岁不等。新生们——包括维克、格温和提亚雷特——在第一天早上花了三个小时学习怎么用锚和索具系紧装置,怎么升降船帆。之后,一个古板且反复无常的名叫

水晶门：岛屿之国

斯尼格米提亚的圣者教他们驾驶满员的船只，以及相关的基本航行规则。像谢里夫这样的中级新生开始了准备对抗风暴的练习课。而像莱珊德拉这样知识更丰富的学徒会和新生两两搭档，去完成指定的基本船舶维修工作。

虽然这样不是很善良，但维克看到格温——仍然有点脸色苍白和晕船——匹配到的"更高年级"的学生搭档是个还没超过7岁的小男孩时，他还是忍不住幸灾乐祸。维克的搭档是莱珊德拉，她比强壮的水手工作得更努力，这让他感到惊讶。

因为金海象号只有三套导航器械，学生必须轮流学习镜子和太阳角度测量器的使用技巧，没有轮到的学生则负责完成分配到的一系列杂务。

他们把一桶桶盐水拖到滑轮装置上，然后把盐水向下运到甲板上。学员用刷子擦洗甲板和盘绕的绳索，在索具上爬上爬下检查船帆和上油的锚链。有些人系着安全带挂在船边凿掉藤壶、刮掉藻类。还有两个人在瞭望台上站岗，留意突发风暴、接近船只的海怪或者其他异常情况。

当厨师摇响午餐铃声时，维克的胃的咆哮已经大得足以吓跑灰熊——假如有熊碰巧正在游向船的话。他们吃了一顿简单却丰盛的午餐，有厚厚的黑面包、冷熏鱼、刺鼻的厚片奶酪，还有一种叫作苏苏的黄色脆果，看起来像苹果，但尝起来更像西瓜。饮料的选项仅限于水、热的"布莱克斯特普"、爽口的浅绿色"莫斯艾尔"。

莱珊德拉坐在维克身旁的长凳上，放下一杯凉爽的莫斯艾尔，桌子上为他们每个人都准备了莫斯艾尔。"这里面有充足的营养，对你有好处。吃完之前，至少喝杯布莱克斯特普。它可以

第二十一章

让疲惫的肌肉恢复力量，也有助于让人保持警觉。"

维克谢过这个娇小的女孩，在吃面包和奶酪的间隙随性地喝下姜味莫斯艾尔。然后他喝了一整杯热气腾腾的布莱克斯特普，很快就感觉到能量流回他的酸痛的四肢。"我觉得我现在可以工作一整天了。"

"很好，"莱珊德拉带着会意的微笑说，"我们正需要。"

在一天中最热、最晒的时候，大海是平静的。各色油布搭在甲板上提供遮荫的地方来躲避倾盆而下的短暂热带雨。伊兰蒂亚学生正专注于阿巴卡斯圣者的数学课。接下来，因为昆杜大师在前往伊兰蒂亚的旅程中遇难了，就由提亚雷特展示了简单的格斗技巧，与他们妈妈曾教给他们的反应快速的*自御之法*大不相同。维克在想，*自御之法*是不是也来自伊兰蒂亚或者其他的水晶门世界。之后，莱珊德拉的母亲教给他们海上烹饪的基础知识。

天黑后的几个小时里，学生们用六分仪和星盘学习如何通过星辰辨别方向。对于格温和维克来说，他们还要了解不熟悉的伊兰蒂亚星座：圣者泉座、海马座、首门座、阿奎特姐妹座、万能钥匙座、下落苏苏座、塞莉娅之弓座……

当世界都安静下来，一天的学习也结束了，学生、船员和圣者聚集在主甲板上。每个人都找地方坐了下来，莱珊德拉弹着七弦琴，唱了一首讲述星座故事的歌。维克好奇地看着莱珊德拉的指法。谢里夫一边把玩晶球一边听音乐时，皮里的晶球闪烁着粉红色和金色的光芒。

迪马斯船长是个皮肤黝黑、眉目慈祥的男人，他走到甲板中央，点亮了一堆放在桶上火盆里的日阿迦水晶。"现在是所有人都喜欢航海的时代。这是一个充满故事的时代。谁想开讲呢？"

水晶门：岛屿之国

谢里夫毫不犹豫地自告奋勇。他似乎很喜欢讲述故事，就像他喜欢拥有大批观众。"不久以前，在飞行之城伊拉克什，住着一位伟大的苏丹，他有许多漂亮的女儿和两个优秀的儿子。苏丹用智慧、正义和慈悲治理王国，他的人民爱戴他。他有许多信赖的顾问，但其中一位逐渐占据主导地位，直到苏丹只听他的。

"一开始，狡猾而有魅力的维齐尔只是谨慎地劝告苏丹，但当苏丹完全信任他后，维齐尔开始改变他的建议。他力劝苏丹罢免无用的朝臣，让苏丹怀疑前盟友是叛徒和刺客，向他忠心耿耿的臣民征收重税。只有苏丹的长子哈希姆敢于反对诡计多端的顾问。但苏丹没有听。"

谢里夫环顾四周，声音哽咽。"不……苏丹没有听，直到为时已晚。直到维齐尔用最黑暗的魔法谋杀了可怜的哈希姆，苏丹才醒悟过来。但没有办法让他的长子死而复生。苏丹悲痛难当，下令将邪恶的维齐尔扔出飞行之城。"

维克看到谢里夫橄榄色的眼睛里闪烁着泪光，泪水反射着日阿迦水晶的光。"当守卫把维齐尔带到处决的高处时，他面露挑衅、毫不畏惧。他没有为自己辩护，对犯下的罪行毫无悔过。哈希姆死了，他看起来很开心。

"在卫兵把维齐尔从高高的伊拉克什扔下之前，他开始大笑。他的五官变成了一张熟悉的邪恶面孔，一张让飞行之城每个孩子都恐惧的面孔。"谢里夫眯起眼睛，"他就是阿兹里克，他乔装打扮藏在我们中间！"

提亚雷特抱着法杖，她黝黑的脸上皱着眉头。其他学生和船员咕哝起来，既被故事所吸引，又感到很不安。

"然后阿兹里克从城市一跃而下，震惊了所有人。甚至当他

第二十一章

下坠时,他的身体发生了变化。他长出蝙蝠般的巨大翅膀,他飞了起来,他真的飞了起来,他大笑着飞向远方。"

谢里夫坐下前说:"那个苏丹就是我的父亲,而哈希姆是我的哥哥。"他的下巴绷紧了,"请相信我的话。哪怕阿兹里克是宇宙中最强大的黑暗圣者,在我找到他的那天,他也会后悔碰到我。"

第二十二章

如果格温不知道梅隆人在附近徘徊,那么航海课的第一夜会更有趣。谢里夫讲的关于阿兹里克的故事——很显然就是他让虎鲸在海洋王国袭击了她——也没有让这个夜晚变得有趣起来。

迪马斯船长和四位圣者教官有客舱,而新生们睡在甲板下的吊床上。舱门开着,学生们可以在吹进货舱的清新海风中随着海浪摇摆,听着海水拍打船体的声音。格温透过舱门仰望星空。每次她在找猎户座或仙后座这些熟悉的星座时,就会想起伊兰蒂亚是个完全不一样的世界。

需要的时候,格温就咬着凯莎给的辛克根让胃平静下来。这个方法见效很快,她第五十次想弄明白为什么她的堂弟没有受到晕船的折磨。这不公平……但话说回来,她的父母在那场车祸中丧生,这不公平。她和维克被扔进了这个远离卡普叔叔的陌生世界,这不公平。伊兰蒂亚人和梅隆人彼此不和导致格温和维克不能回家,这不公平。

第二十二章

但这就是人类生存的一个基本真相：生活并不公平。你只能学会用已有的一切去面对生活。也许这就是为什么人们把"无论贫穷还是富有，无论患病还是健康"放在结婚誓言中：不论运气是好是坏，你永远不知道生活会带给你什么。

"算了，"她把双手枕在脑后，凝视上空自言自语，"让我们看看你有什么。"

在她身边，维克也醒着。他躺在吊床上说："如果有艘护卫船跟着我们，我会感觉更安全。我的意思是，我们只是一艘在公海上的训练船。"

"阿巴卡斯圣者和斯尼格米提亚圣者已经施法隐藏了我们的船底，从海下是看不到的。"莱珊德拉说，"游泳的梅隆人不会从水下看到我们。"

"提亚雷特已经很担心我们大家了，尽管她极力在掩饰。"谢里夫说，阿非里克女孩坚持要站第一班岗，沐浴着星光在甲板上踱步，同时，他舒服地休息着，他卷起的飞毯藏在吊床下，挨着皮里被布包着的发光球体，"我怀疑她不会睡觉。"

"确实太难睡着了，"维克同意道，"至少我没有晕船。"格温突然想过去疯狂摇动他的吊床，但她太累了，动不了。

当格温终于觉得昏昏欲睡时，她听到了一阵微弱的嗡嗡声正逐渐增强，就像有一群愤怒的黄蜂。她眨了眨眼，坐了起来。

莱珊德拉也醒了，抬头望着星光熠熠的夜晚。"有东西来了。"其他学生听到了噪音，纷纷躁动起来，从吊床上滑下来。格温、莱珊德拉、维克和谢里夫冲上主甲板，其他学生跟在后面。凯莎从厨房附近的住处出来，揉了揉眼睛，确认女儿还安全，又回到了船舱里。

· 145 ·

水晶门：岛屿之国

迪马斯船长的一名船员站在船头嗅着空气，他的头倾斜着伸进夜色中。海水拍打着船的侧面。提亚雷特显然很激动，她走向她的朋友们，但目光紧盯着前方的黑暗。"小心！可能有危险。"

舱门打开，圣者老师们走了出来。迪马斯船长召集了船员，他们从甲板下爬上来，准备战斗。

在深不可测的黑暗中，嗡嗡声变得越来越大，越来越不祥。震动声刺激着格温的耳朵。嗡嗡声变得难以置信的响亮，还加入了怪异的刺耳鸣叫声和哗啦啦的水声。

维克站在她身边，焦急万分。"不管是什么，这听起来都不像好事。"

"就在我们身边！"格温跑到甲板栏杆旁，凝视着无尽的黑暗，"但我还是看不清是什么在制造这种噪音。"船长在甲板上走来走去，检查绳索和索具。

谢里夫眯起眼睛，凝视着空旷的夜空。最后他伸手一指。"那里！有一大群。"

"它们的肚子永远填不满！"迪马斯船长说。

船员们接着大叫。"它们会吞噬挡住道路的一切！"

"海蝗虫！"

看似粗犷的船员们在甲板上手忙脚乱的，好像他们演习过很多次但从未真正面对过危险。有些面色凝重的水手拿着长船钩，两只拳头握住粗把手。另一些人从绑在船边的救生艇上抓起备用桨。

莱珊德拉和谢里夫肩并肩站着，既紧张又警觉。提亚雷特举起法杖，准备战斗。格温看着她堂弟，然后等着谁给她一个答案。她还是不知道威胁是什么，但她够聪明，已经害怕了。

第二十二章

嗡嗡声越来越大，直到她的牙齿都颤抖起来，仿佛她站在迎面而来的龙卷风的路线上。

突然，本能让她躲开。有东西从她身边掠过，一只像鸽子一样大的会飞的生物，但有着银色的皮肤和鲜红的……翅膀？鳍？格温畏缩了一下，她面前又飞来了一只。现在，空中布满了几十只长满鳞片的生物。它们拍打着带刺的鳍翼，猛烈地撞击船帆、船体、粗厚的桅杆，让格温想到一群撞到挡风玻璃的巨虫。

"这群鸟疯了吗？"维克问道。

当格温看得更清楚时，她注意到了它们的下巴。

"飞翔食人鱼！"莱珊德拉说，"它们可以把一艘船啃成碎片！"

"哦亲爱的！哦亲爱的！它们会把我们的肉从骨头上剥下来。"斯尼格米提亚圣者挥动纤细的手，像在赶走攻击他们的蜂群。

阿巴卡斯圣者在危机中更冷静。"如果我念咒够快就不会发生这种事情。"这位数学老师冲进船舱，吃力地抱着三篮卷轴回来。莱珊德拉从他手里接过篮子，他开始拉开卷轴，一边找有用的咒语一边丢掉没有用的咒语卷轴。斯尼格米提亚加入了他，也拿起法术卷轴，浏览复杂的银色阿迦水晶墨迹。莱珊德拉跪在篮子旁边，收拾圣者丢下的卷轴。

提亚雷特没等咒语起作用。她冲入敌群，转动法杖，像挥舞棒球棒似的用法杖圆钝的那头击打空气中的生物。

格温和谢里夫提起一对木桶，挥舞着木桶阻止飞鱼靠近圣者。维克把一张小渔网扔到这群掠食者身上，但飞鱼只用了几秒钟就把网咬烂了。

· 147 ·

水晶门：岛屿之国

越来越多的飞翔食人鱼涌了进来，吱吱叫着，嗡嗡作响，它们长长的鳍不停地拍动。它们鳍翼上带刺，一撞到东西就会扒在上面，用钻石般锋利的牙齿用力撕咬。鱼咬破了缆绳和帆绳，仿佛粗粗的编织绳不过是细细的蜘蛛丝。

一只飞翔食人鱼撞在格温的肩膀上，她长期练习*自御之法*，近乎本能地拍掉了它。这条鱼感觉又硬又粘，把它打到甲板上后，她用右脚后跟使劲踩了踩。她听到鱼鳞和鱼骨折断了，随后把鱼一脚踢开。这条食人鱼继续在甲板上扭动，用它锋利的牙齿划伤木板。

格温看了一眼抽搐的鱼。这种海底生物似乎是由十几种不同的噩梦生物组成的。它翅膀上长满了尖刺，就像她在海洋王国见过的狮子鱼一样；它的头上包裹着怪异的苔藓。它下巴上排列着根根分明的锯齿状牙齿，能够咬开绳子、布料、木头，毫无疑问还能咬开皮肤。鱼头上有两只眼睛，几根类似鲶鱼触手的鞭状物上长着一排乳白色凸起，用于感知四周。这种生物看起来没有智慧，只是渴望撕碎一切挡道的东西。

受伤的鱼片刻后就死掉了。又来了一千多条取而代之。

飞翔食人鱼不断飞入，咬烂甲板栏杆，使其破裂，还把船体咬得到处是洞。鱼一落到皮肤和衣服上，学生和船员就立即携手打退它们，最重要的是保护好性命。

最后，阿巴卡斯圣者找到了一卷有用的卷轴。他展开卷轴，一边摸着自己的胸口，一边念出难懂的音节，直到念完最后一个单词。银色墨迹微微发光。因为莱珊德拉最靠近阿巴卡斯圣者，他摸了摸她的肩膀，重复了一遍咒语。数学老师走向格温、谢里夫、维克。"现在你们都受到了保护。"

第二十二章

在阿巴卡斯圣者帮她施了咒语后，格温并没有感觉到不同。但突然间，飞翔食人鱼察觉不到她了。她似乎变成了隐形人；凶猛的鱼撞到她也仿佛完全是偶然。不幸的是，教数学的圣者一次只能抹去一个食人鱼潜在受害者的存在，食人鱼集中撞向没有被施咒保护的人身上，他们变成了更显眼的目标。

阿巴卡斯念了几遍咒语后就用完了卷轴储存的魔力，他把卷轴扔到一边。不过同时，斯尼格米提亚发现了另一卷印有相同咒语的卷轴，她开始施咒保护学生和船员，而阿巴卡斯找到了第三卷卷轴来保护慌乱的众人。

当第二卷和第三卷卷轴的魔力减弱时，已经受到保护的人们聚集在最后几个没有被施咒的人周围保护他们。格温的水桶已经破了，她抓住一根木制雨篷杆，朝入侵食人鱼猛挥杆子，企图赶走它们。

在她旁边，维克在嗡嗡声中大喊："那太小了！我们需要又宽又平的东西！"提亚雷特正拿着法杖搏斗，也遇到了同样的问题，"我有个主意！"维克冲进凯莎的厨房。

阿巴卡斯用法术卷轴中仅存的魔力来保护斯尼格米提亚。莱珊德拉在篮子里又找到了一份卷轴，圣者们冲过去保护迪马斯船长，最后去施咒保护不想在战斗中被打扰的提亚雷特。当她被施咒时，她都快站不稳了。

少女战士继续战斗，两位圣者和莱珊德拉都挤在篮子旁挑选卷轴，寻找任何可能有助于度过危机的法术卷轴。斯尼格米提亚一边嘀咕，一边翻找，随即念了一个咒语，召唤出一场短暂的风暴。船摇晃起来，来袭的鱼群在猛烈的狂风中迷失了方向，落到船上。与此同时，狂暴的气流从斯尼格米提亚手中夺走了卷轴，

水晶门：岛屿之国

她看着卷轴飘落到水里。狂风很快平息了。

维克红着脸回来了，手里拿着凯莎那儿最大的四口铁锅。他跑的时候铁锅叮当作响。"妈妈经常告诉我几乎一切都能成为武器。可以把锅想成一个大苍蝇拍！"

他把一口沉重的锅给格温，格温拿着锅笑了笑。"好主意，泰兹！"

维克递给谢里夫和莱珊德拉各一个锅。谢里夫点点头表示认可。"这些是鱼吃不了的武器。"

在维克的提醒下，凯莎现在出现在甲板上，手里拿着一对看起来很凶狠的厨师刀，砍向进攻的水族。

维克带着铁锅一头扎进了战场，打向狼吞虎咽的鱼群。格温可以看出她堂弟使出了童年修习的*自御之法*。他就像小联盟球队的明星球员，他左避右闪，把鱼打得旋转着掉进黑色的海里。他每次击中来袭的食人鱼，都能听到响亮的*吭当声*。"本垒打！球飞出场外！"

格温、谢里夫、莱珊德拉带着新武器追打有翼的掠食者。很快，被打晕了的鱼落在甲板上抽搐。凯莎砍死了所有有复苏迹象的鱼。

此刻，*金海象号*那宽阔的橙色船帆已经变成碎片。桁端上挂着布条。在吃水线旁，鱼用锋利的鳍刺抓住仅剩的几只藤壶，牢牢扒在船体上啃咬船体。

迪马斯船长吼叫着，用靴子狠狠踩踏着鱼，同时挥动双臂的皮袖子把鱼从甲板栏杆和桅杆上打下来。

让斯尼格米提亚圣者沮丧的是，食人鱼潜入了放卷轴的篮子，把法术卷轴撕成了碎片，用不上魔法了。"哦，它们是故意

第二十二章

的！"她烦闷地说，"故意的！"

阿巴卡斯提高了嗓门，盖过喧闹声："大家听着！保护你们的法术马上就要失效了！"

迪马斯船长说："我从不知道一群飞翔食人鱼会在一个地方待这么久。它们一般飞到一个地方，咬碎一切，然后就飞走了。"

提亚雷特用法杖又刺穿了两条鱼。"那么这些不是正常的飞翔食人鱼。"

"不，"莱珊德拉说，"一点都不正常。它们是受……人指使。"

"多亏了我们的伪装咒语，梅隆人无法从水下看到我们的船，"阿巴卡斯说，"但如果飞翔食人鱼确实是他们的间谍，那么梅隆人很快就会知道我们的位置了。"

"天啊！现在我们没救了！"斯尼格米提亚沮丧地说，"命中注定。"

"可能是有危险，"提亚雷特托着下巴说，"但还没到最后呢。"

食人鱼从黑暗中源源不断地飞来，成千上万只鱼涌上船。它们把帆布撕成碎片，在粗壮的桁端和桅杆上留下了齿痕。

一条食人鱼咬在维克的肩胛骨上。他大叫着，伸手去打，接着格温把鱼打掉了。"法术快失效了。我们不再受保护了。"

"快——所有人都到船舱里或者甲板下！"船长看起来难受极了，但仍然很坚决。"如果我们不保护自己，那么我们——和这艘船——就都会变成骨架。"他的脸很严肃地皱成一团，"我气派的船……"

学生们从舱盖跳进货舱，拉上了盖子，格温、维克和他们的

· 151 ·

水晶门：岛屿之国

朋友跑到了船长的舱室。所有人都挤在里面，提亚雷特砰的一声关上了身后的木门。迪马斯船长拴上了大铁栓，他们都挤在一起，听着掠食者无情袭击时不断地撞击和尖叫。

格温听到破碎和崩裂的声音，还听到食人鱼一直撞击墙壁和甲板发出的嘭嘭声。

一条凶猛的飞鱼撞上了船舱的小水晶窗户。鱼撞晕了，掉了下去，在窗玻璃上留下了一道黏糊糊的污迹。然后第二条鱼撞得更用力，好像被新目标所吸引。水晶玻璃裂开了一道裂缝。

又一只飞翔食人鱼头朝下冲向窗户，最后打碎了玻璃。它多刺的鳍卡在锯齿状的玻璃上。鱼一半的身体卡在洞里，它像针一样的牙齿折断了，布满鳞片的身体扭动着，用鳍推着身体挤向蜷缩在里面的人群。

维克走上前，用铁锅敲打那条鱼粗壮的身体，把它钉到一块锋利的水晶碎片上。被刺穿的食人鱼蠕动着，张大了嘴巴，长着硕大鱼鳍的身体填满了大部分窗口。

他们都屏住呼吸，认真听着外面的动静，食人鱼飞掠而过，振翅的声音和叫喊声似乎在减弱。这致命的一群鱼终于走了。两条掉队的鱼落在了被钉在破窗框上的鱼尸旁，咀嚼着同伴多筋的鱼肉。最后一条食人鱼抛下被吃掉一半的同伴和其他散落在甲板上的同伴，飞走了，扑向夜色中。

有段时间没有听到任何声音后，迪马斯船长打开了嘎吱作响的破烂船舱的门，他们看到**金海象号**的惨状。

部分甲板裂开了，有的栏杆被咬出缺口凿穿了，有的被嚼烂了。帆完全消失了。只剩几股被咬过的绳子蜷缩在地上。远处，地平线开始染上黎明的颜色，但船离陆地很远。

第二十二章

"我们在飞翔食人鱼群中活下来了，"谢里夫说，"但我们不能在这里待太久。我们被困住了。"

"这艘船不能再航行了。"迪马斯船长面色严峻，"如果梅隆人现在来了……"但他没有说完这句话。

第二十三章

要是甲板上没有几百条黏糊糊的死鱼持续散发恶臭,维克会觉得这是个美丽的黎明。然而**金海象号**没有帆,桅杆都裂了,连舵桨都被搞坏了。他们的船漂到远离陆地的梅隆人会出没的海域。

无论天空有多晴朗,黎明有多美丽,所有这一切破坏了好心情。

谢里夫神色阴沉,仿佛他很清楚自己应该做什么。来自伊拉克什的男孩站在甲板上,面对着圣者和神色凄苦的迪马斯船长。"我可以坐飞毯回伊兰蒂亚求救。"

迪马斯船长说:"在这种情况下,我们撑不了多久。"

"那我就督促他们带上最快的救援船。"谢里夫橄榄色的眼睛里透着严肃而紧张的神色。

阿巴卡斯圣者皱着眉。"那就去吧,年轻人!谁也不知道梅隆族什么时候会来。"

第二十三章

"梅隆族?我们好不容易从飞翔食人鱼的嘴里活下来。"斯尼格米提亚圣者拧着她的手,"老天啊!我们大部分的法术卷轴都被毁了,魔力耗尽了。而且可能还有更糟糕的情况等着我们。更糟糕的情况。"

"带个人一起去,"船长说,看着浑身湿透好不容易活下来的众人,"你可能需要另外的眼睛和手。即使是在空中,你永远不知道会遇到什么麻烦。"

尽管谢里夫更喜欢独自飞行,但他同意了。"我没法儿在专心飞行的同时又解决问题。"

提亚雷特擦了擦手臂上的伤口,好像它不过蚊子包似的。"如果这里情况不妙,这样至少能救下第二个人。"然后,阿非里克女孩仿佛要表明她不想离开,补充说,"我会留下来保卫这艘船。"

"带上格温,"维克建议道,"她不重,所以你不必减速,而且她反应能力很好。"凯莎的大锅还在原地,但维克觉得它们太重了,不适合格温坐在飞毯上挥动。他拾起开裂甲板上的一支桨,"来,用这个来打退所有靠近的东西——你知道的,防御翼龙或其他东西俯冲攻击。这个手柄好拿一点。"看着堂姐惊讶的表情,他笑了,"你心底知道你想去的,博士。而且,你晕船——没有必要留下来吐在梅隆人身上。"

"呜,"格温吸了吸鼻子,"也许我会晕机。"

谢里夫从船舱里取回了飞毯和精灵球。回到布满碎片的甲板上,他展开飞毯,把皮里正发着光的球体放进脖子上的网袋里。小精灵看到了这残破场景,焦虑不安地发出绿光。谢里夫面色严峻,他粗鲁地向格温做了个手势。"在我身后随意坐,但千万不

· 155 ·

水晶门：岛屿之国

要掉下来。那会有一连串后果的。"

维克不确定伊拉克什男孩是不是在开玩笑。格温显然不觉得这好笑。"那我争取让事情简单一点。"她盘起长腿努力坐稳，把桨放在腿上，"我准备好出发了。"她说。她抓住飞毯边缘的金色流苏，望着维克的脸，她的表情告诉堂弟，她完全没做好把他抛在这里的准备。她眼眶里是有泪水打转吗？

谢里夫用指尖勾勒着刺绣的图案，仿佛他在启动一辆飞车的发动机，毯子从甲板上升起。维克和滞留的学生、船员、圣者向他俩挥手告别。

格温低头看着他们，看起来又晕船了。"我们会尽快带着救援队回来的！在那之前一定要注意安全。"

飞毯飞走时，提亚雷特严肃地站在维克和莱珊德拉身边，她的法杖比之前磨损得更严重了，也沾上了更多污渍。"我希望自己没有用尽所有的运气——我已经得救过一次了。"

"得救与运气无关，"维克回答，"我们是凭**本**事找到你的。"

年轻女子琥珀色的眼睛看向他。"那么我希望谢里法斯没有用尽他所有的……本事。"

天气越来越暖和，数百只死去的飞翔食人鱼躺在阳光下。维克和其他新生带着厌恶的表情，把食人鱼尸体从甲板上踢到海里。周围的海面很安静……也许太安静了。

虽然维克不知道伊兰蒂亚到底有多远，但他试着计算谢里夫和格温大概需要多长时间才能飞到岛上，然后再派出救援船。"飞毯到伊兰蒂亚至少需要半天，对吗？"

莱珊德拉凝视着波光粼粼的水面，仿佛在倾听海洋深处的安静思绪。"是的，之后**五行会**会通知快船的船长从港口出发——

第二十三章

至少还要几个小时。"她叹了口气,"即使有魔法引路和推进,即使救援船立即下水出发,我们也不能指望有船能在两天内到达。"

维克重重地咽了咽口水。这听起来真的需要太长时间了。"那我们在城市上空看到的滑翔机呢?伊兰蒂亚有没有大飞机?有没有哪里还存放着多余的飞毯?"

"没有飞毯,也没有可以飞抵海上的飞行器。"她的眉头紧锁,"也许谢里法斯会带着更多的法术卷轴回来——或者他可以带个强大的圣者来保护我们。"

凯莎熬了一批绿苔药,把这些药分发给了伤者。斯尼格米提亚和阿巴卡斯一起坐在阳光下,与食人鱼的战斗让他们伤痕累累。他们之前的精美长袍现在已经破旧不堪。这两位圣者收拾着在食人鱼攻击下幸存的少数法术卷轴,打捞卷轴碎片,看要怎么用剩下的魔法,假如——当——梅隆族发现了这艘残破的船只的话。莱珊德拉还收集了新生与学徒带来的几卷简单法术的卷轴。

阿巴卡斯举起一卷写满了华丽文字的长卷轴。"这有个复杂的法术,叫做'死亡泡沫'。"他噘起嘴巴。

"这听起来很有用。"提亚雷特说。

"而且还不太吉利,"维克补充道,"它有什么作用?"

"很明显,它能带走一定范围内的所有空气,让所有生物窒息——我猜也包括施法者。"

"哦,天哪,"斯尼格米提亚说,"我们也许不想用这个法术。不用这个法术。"

"而且,"迪马斯船长补充道,"这个法术没法用来对付可以在水中呼吸的海底种族。"

一些写好的咒语只能点火,只要储存的魔力没用完,任何儿

· 157 ·

水晶门：岛屿之国

童或者不熟练的人都可以反复念出咒语。梅隆人不喜欢火，但是闪烁的火花对他们几乎没有伤害，保护不了自己。

与此同时，提亚雷特与维克、莱珊德拉和其他浑身湿透的学生从船的残骸里找到了临时可以用的长矛和棍棒。他们把这些和其他武器藏在甲板周围，一旦战斗开始，他们可以马上拿到武器。

迪马斯船长命令他的人尽可能修补船体上的洞，让**金海象号**能漂浮更长时间。水中的黑影——鲨鱼，还是梅隆人？——让他们不愿意从侧面潜入吃水线下工作。不过水手们在船舱内部设法修补好了漏水的地方，防止梅隆人从破损的地方攻进船里。

到了中午，乌云开始聚集，天空变成了灰色，阳光被遮挡住了。仅剩支架的桅杆上的瞭望台传出一声警告，提亚雷特那双黄褐色的眼睛紧盯着被鱼鳍划破的水面，鱼鳍盘旋逼近。她抿着嘴紧握法杖。

维克站在船尾附近，低头看着海浪，看到水下深处的黑影，形状更像人而不是鱼。"忘掉鲨鱼吧！过来看看这个！"

梅隆人来了。

像是在回应他的声音，其中一个人影从海面上探出头来。身体上覆盖着细小的绿色和金色鳞片。这个生物的脸是扁平的，鼻子只不过是用来盖住裂缝的肉块。巨大的眼睛里闪过油亮的黑色。头上本来应该长头发的地方长着漂动的长海藻丝。鳃裂像没有处理过的伤口一样长在头的侧面，前额中央有一对圆形的薄膜跳动着，像一双呆滞的失明了的眼睛。

"好丑！"维克说。

"梅隆人。"莱珊德拉纠正他。

第二十三章

更多长有鳞片的人形生物在搁浅的船边打转,在透过云层的阳光下眨眼。折叠薄膜来保持眼睛湿润。梅隆人张开大嘴时,露出了锋利的牙齿。

迪马斯船长把最年轻的学生赶到甲板下,让三名水手担任护卫。然后,他和船员们带着临时武器靠近甲板边缘,这时梅隆人已经包围了这艘无助的船。

一开始,维克更多是感到好奇而不是害怕。他认出了雄性、雌性梅隆人——湿滑敏捷,在水中的动作让他想到了水獭。所有梅隆人都戴着由珍珠母贝和珊瑚做成的沉重项链,穿着由珍珠母贝和锯齿贝壳制成的重型盔甲。其中一个生物的头上甚至长出了一对又长又粗的触角,就像恶魔的角。

梅隆人无视船长的高声威胁,弯曲长有蹼的手,把爪子伸进船体木板里。现在维克看到了他们带的奇异武器:两端嵌有多刺海胆的棍棒,由锋利贝壳制成的多孔剑,由看似独角鲸的角制成的螺旋刀。

提亚雷特把凯莎的大煎锅塞到维克手里。"维克斯,做好战斗准备。"女孩连忙扭头对其他人喊道,"他们额头上的鼓膜是他们的耳朵。波勒普圣者告诉我那是他们的弱点。耳朵和眼睛!尽可能打到他们的耳朵和眼睛——但无论如何,先打他们。"

长有鳞片的生物开始了攻击。

第二十四章

不管飞毯飞得有多快,格温还是担心急救船要很长时间才能到搁浅的**金海象号**那儿。她的心沉了下去。

"我讨厌把他们抛在后面,"她说,"我们应该在那儿帮他们一起战斗。"她抓着维克给她自保的破桨,希望自己用不上它。

谢里夫抚摸着皮里发光的球体,回头看了她一眼。"我们孤立无援地坐在小飞毯上,飞在开阔的空中,格温雅,我们远比他们更缺乏保护。"

"如果你说这话是要安慰我,"格温讽刺地说,"你可能还要再上几节课。"

他让飞毯尽快向前飞。在发光球体里,精灵向前弯着腰伸着小手,仿佛她的魔法可以帮飞毯飞得更快。也许可以……

他们在海面上低空飞行了好几个小时。虽然大海没有任何路标,但是谢里夫貌似对路线充满信心,这让格温想起了从不停下问路的卡普叔叔。格温的金发在潮湿、带有咸味的微风中飘荡。

第二十四章

换作其他时候，她可能会享受这种不计后果的飞行带来的自由感受。

阳光斑驳的催眠海浪让她感到困倦，但她不敢打瞌睡，害怕从飞毯上掉下来。谢里夫专心致志地驾驶飞毯，有时指尖摸着飞毯上的金色刺绣，他会闭上橄榄绿色的眼睛。格温羡慕他的自信。"你害怕过吗？"她问。

谢里夫坐直了身子。"我们那儿有句谚语：不知道害怕的头脑是傻瓜的头脑。"

"所以……你的回答是肯定的还是否定的？"

他没有直接回答，而是说："我不会游泳，但我们正飞行在我见过的最深的水域上空，离水面不到一只骆驼的身高。你能猜到我的答案吗？"

在格温心中，这个来自伊拉克什的男孩上升了一个档次。"我猜你没我想的那么傻。"

他给了她一个讽刺的假笑。"你最敏锐了。"

出乎意料的是，一片波涛汹涌的白色泡沫出现在了他们面前的水域，就像一锅水开始沸腾。"谢里夫，那是什么？在那边。"

年轻人低头看了一眼，才把注意力移回刺绣图案上。"一群觅食的鱼。"

"一定是非常大的鱼群。"

像爆米花爆裂一样，布满鳞片的身体跃出水面，从翻滚的泡沫中跳出来，拍打着锋利的翼鳍。在几秒钟内，一百多条夺命鱼飞到空中，落在高处飞行的飞毯上。

格温觉得胃的深处打了个结。"又是飞翔食人鱼！"

"梅隆人一定在控制着它们。它们已经追踪到我们了。"

水晶门：岛屿之国

"昨晚过后，它们怎么可能又饿了？它们吃了一半的船！"

"它们总是很饿。"谢里夫弯下腰试着让飞毯飞得更快，但飞毯已经在用最快的速度飞行了。他还让飞毯飞得更高了。

格温双手握桨，做好最绝望的打算。她手心里都是汗，但这根木器是她保护他们唯一工具。她不会松手的。

飞翔食人鱼发出熟悉的嗡嗡声，她的皮肤起了鸡皮疙瘩。贪婪的鱼群向他们袭来，如同一群会飞的恶狼，下巴发出猛咬的声音。它们拍打着翅膀，喷洒着水滴，飞到高空去拦截飞毯。

当这些生物蜂拥而至时，谢里夫努力让飞毯载着他们飞得更高。格温打退了一群扑腾的鳍和猛咬过来的下巴。她背对着谢里夫，有更多活动空间，她挥动木桨把鱼从空中击落。她每次都感到了结结实实的撞击，心中激起了一点胜利的火花，但她没有花时间去算分。

格温气喘吁吁地击落了一只又一只食人鱼。没头脑的鱼没有自我保护意识，只是全力想把飞毯带下来。谢里夫垂直向上飞，食人鱼紧跟在后。

五只食人鱼咬住垂下的金色流苏，然后开始咀嚼绣花织物，磨损精细的线。她用平坦的桨面拍打食人鱼，赶走了两条，但是其他鱼像碎纸机一样破坏着飞毯。

"它们正在弄坏我的飞毯！"谢里夫咆哮道，"我父亲曾为我哥哈希姆做了这块飞毯，然后在……之后给了我。阿兹里克。"他抽出一只手离开刺绣，抓住正在啃咬的鱼，把它扔下了飞毯。可他一分心，地毯就往下降，摇晃起来。谢里夫让飞毯走之字形路线，想把鱼从飞毯上甩下去，并让飞毯加快了速度。

皮里的水晶球闪烁着鲜红色的光，皮里愤怒地向鱼摇晃着小

第二十四章

手。发光的精灵气得不行却无能为力,在球里不停跳动,仿佛希望自己的魔法更成熟,就好帮忙战斗了。

神奇的飞毯在空中飞驰时,开始散开。格温不知道驱动飞毯的魔法或科学,但她猜测如果材料损坏了太多,谢里夫就不能让飞毯载着他们一直在高空飞行。

"放手,笨鱼!"当她摆脱两条执着的食人鱼时,又有七条鱼冲了过来。她看到有条鱼咬住了谢里夫飘动的白色袖子。在她可以做什么之前,另一条鱼飞进格温的齐肩秀发里,像只惊慌失措的蝙蝠一样缠在头发里。她猛地一甩头,把鱼甩开了。

在她身后,格温听到两条牙齿锋利的鱼猛地撞上了谢里夫毫无防备的后背。谢里夫设法保持了对飞毯的控制,再次从刺绣上抬起手来把鱼打掉。飞毯开始往下降。"格温雅,你必须与它们战斗,这样我才能专心操纵飞毯,否则我们会坠毁。"

她想争辩说自己已经尽力了,但他说的是对的。她必须做得更好,否则他们可能无法活下来,而她堂弟、船员和**金海象号**上的学生就永远无法得救。她侧身,这样就可以更好地保护自己和谢里夫。"谢里夫,你能让飞毯飞得更高吗?它们是会飞的鱼——但我不相信它们能飞得非常高。"

"我会努力的。但是有个限度……"

飞毯再次斜飞向上,格温很难抓住飞毯。她挥动木桨,将一条食人鱼从谢里夫的头上拍开。一条鱼咬住了装皮里晶球的网袋,但小精灵发出明亮的橙色光芒,让食人鱼迷失了方向,飞毯继续疾飞,谢里夫趁机把鱼打掉了。

谢里夫让飞毯以更陡峭的角度向高处飞去。有些食人鱼现在已经落后了,放弃了追逐。但是有些食人鱼感觉格温的武器简

水晶门：岛屿之国

陋，易于攻击，于是集中去围攻她。它们用力咬住她的头发撕扯着。有条鱼冲向她的脸颊，划出了血印子。

六条无意识的鱼配合着牢牢抓住桨的扁平叶片，这让格温惊呆了。它们一起啃咬着木头，把木桨劈开了，同时用沉重的身体把木桨往下压。

她把桨从一边换到另一边，想把食人鱼甩掉，但是她失去了平衡。她的手掌被汗水和鱼的黏液弄得滑溜溜的，长柄从她指间滑落。她扑向木桨，正好这时另一只飞翔食人鱼咬住了她的左前臂。她无助而痛苦地大叫起来，桨滑过飞毯的侧边。掉了。

"不！"她大叫着，孤注一掷地扑向前，想抓住木桨——然后在倾斜的地毯上失去了平衡。她的胃里一阵恶心，格温意识到自己正在坠落。她紧张忙乱地伸手去抓流苏。她的手指抓住了一些松散的线，但线在重力影响下啪的一声断掉了，她从飞毯上掉了下来。格温摔向下方远处的水域。

食人鱼在她周围盘旋，想在她落水之前咬下她的肉。但她下落得太快了。她甚至无法尖叫。

坠落。

恐惧的冰冷手掌紧紧抓住了她的心脏。金发拍打着她的脸，她知道自己会掉进海里。从这种高度掉下去，海浪感觉起来会像水泥一样硬。格温看到海水向她涌来，知道了没有降落伞的跳伞运动员是什么感受。

她的逻辑思维在绝望中暗示自己，在这个可以施展魔法的奇异世界，也许她可以飞起来并在空中翱翔。在飞毯和食人鱼都可以飞的地方，为什么她不可以飞呢？格温伸出双臂，本能地拍打、挣扎起来。气流从她海洋王国运动衫的裂缝中呼啸而过。

第二十四章

在高处,谢里夫让飞毯用比重力更强的力量猛冲下去,从她身边掠过。

当格温看到他时,她把双腿抬到胸前,让自己就像一颗炮弹,希望能轻轻地落到飞毯上。谢里夫飞到她身体下面,尽力赶上她的速度,接着又向上飞到刚好能接住她的地方,就像收藏家用网捉蝴蝶一样。格温落在了绣花飞毯上,身体几乎没有弹动。

"我从来没有让朋友失望过。"他说。

她一回到飞毯上,他就以垂直角度疾速升空。但是受损的飞毯飞不到能摆脱所有食人鱼的高度。剩下的魔力不够了。格温趴在严重损伤的紫色飞毯上,抓着破烂的边缘,呼吸沉重。她的心怦怦直跳,让她没法说出超过两个字的话语。"多谢。"

飞翔食人鱼发出烦人的噪声。它们继续撕咬织物,撕开更多股线,流苏参差不齐的线像狮子的鬃毛一样向四面八方垂下。

飞毯摇晃着,无法确定飞行路线。谢里夫弯下腰集中注意力,但有太多魔法织线被扯开,他几乎无法控制路线了。无情的食人鱼一直在追赶他们。

虽然格温颤抖的身体几乎无法动弹,但她强迫自己重新坐起来。她用受伤流血的双手打掉很多条鱼,不惜一切地保护谢里夫。他们全速向前飞,对于格温来说,离波涛汹涌的海浪太近了,她只能随机应变,挣得一线生机。

她完全不确定他们能否到达伊兰蒂亚。

第二十五章

一阵仿佛响尾蛇被蒸汽熨斗压到的响动传来,梅隆人挤向金海象号船体,长长的爪子深深刺进伤痕累累的木板。

在第一批攻击者越过栏杆前,提亚雷特已经上前迎战。她那母狮般的眼睛燃烧着,脸上一副愤怒又坚决的表情,看起来很可怕,几乎能吓跑一头公象。"我看你们要被我再教训一次。你们有些人是不是还带着被我和昆杜大师打伤的伤口?"她露出了牙齿,"也许我要更强调我的观点。"

经历过之前的一切,提亚雷特毫不犹豫地对敌方先锋队发动了攻击。一个梅隆人的头出现在甲板栏杆上方时,她挥动法杖,磨光的石头击中第一个入侵者的前额中央。梅隆战士从喉咙里的气囊中弹出一声湿漉漉的哀号,就滑到船边掉回了海里。

维克握紧铁锅,气势汹汹地向左右挥了挥。"是时候踢些鱼屁股了。"他从甲板上拿起第二个锅,双手各持一口锅。尽管他知道梅隆族会比飞翔食人鱼更难对付。

第二十五章

水族攻击者向前冲,发出无法理解的咕噜声。莱珊德拉用挑衅的声音用同样的语言对他们大喊大叫。梅隆人转过身,对她能和他们说话感到惊讶。有两个梅隆人没有理会心灵感应女孩的威胁,而是向她发起了进攻。

维克看到朋友有危险,带着铁锅扑向梅隆战士,打中了一个梅隆人长满鳞片的头部,击中了另一个梅隆人的喉咙。他的母亲会为他的敏捷感到自豪的。第一个梅隆人摇晃着,咕哝着,挥舞着一根海胆棒,蹒跚地走向维克。维克在失去勇气之前,闭上眼睛再次用尽全力挥舞铁锅。

这次,他打中了梅隆人额头中央敏感的鼓膜,这让他大吃一惊。这个梅隆人抓着他的头,好像维克把他震聋了一样。他发出空洞的嚎叫声,在湿滑的甲板上跌跌撞撞地摔倒在破烂的护栏上,跌进了海浪里。

他突然有了个想法,咧嘴一笑。为了在水下听到振动声,梅隆人的耳膜必须非常敏感……水面上方的噪声比水下要大得多。

又有两个梅隆人靠近,维克双手拿着两口平底锅,将它们像奏响铙钹一样拍打起来。铁锅像锣一样哐啷作响,震动一直传到维克的肩膀上。

回声震耳欲聋,梅隆人蹒跚着向后退去,就像维克用消防水龙头冲退了他们一样。他又把平底锅拍打在一起,梅隆人被这可怕的声音弄晕了,他们终于跳水逃了。

"谢谢你,维克斯,"莱珊德拉说,"他们似乎没有兴趣聊天。"

他站在她身边,满头大汗。"当然。不好意思,你说不定几秒钟后就有机会报恩。"他用酸痛的双手握住平底锅,准备再次

· 167 ·

水晶门：岛屿之国

朝着某个方向拍打起来。他现在很庆幸自己练过*自御之法*。他想知道，他的母亲是不是曾经在这个世界待过，她是不是甚至和梅隆人战斗过……

又有六个嘶嘶作响的水族战士爬上了甲板。提亚雷特像旋风一样急忙转身。她用法杖打向梅隆人，听起来就像锤子敲打湿肉。迪马斯船长和船员发出愤怒的大喊，也和梅隆人打了起来，但梅隆人不断涌来。

凯莎和斯尼格米提亚商议后一起行动起来。斯尼格米提亚抓起小块碎木头，扔在最近的梅隆人脸上，而莱珊德拉的母亲从破烂的卷轴上念出简短的家庭咒语。虽然碎木头太小了，无法造成直接伤害，但是凯莎的点火术还是起了作用，报复了梅隆人。时机把握得很完美。所有碎木头都燃起火焰，火光让梅隆战士惊惶不已。他们长长的海藻发丝烧了起来，变卷了。面对出人意料的轻松取胜，两个女人咧嘴一笑，然后再次尝试这个伎俩。斯尼格米提亚向攻来的两个梅隆人扔去了更多的碎木头，随之而来的火光把两个梅隆人赶了回去。

迪马斯船长用尽全力扑向一名攻击者。他躲在扇形弯刀下，抓住了敌人的手臂。他们扭打在一起，迪马斯努力扼杀来袭的战士，事实证明，这种打法对有鳃的生物无效。梅隆人用空着的爪子抓过船长的胸膛，撕破了衬衫，抓伤了皮肤。迪马斯倒吸一口凉气，制不住黏糊糊的鳞片敌人，身体失去了平衡。

维克大喊出警告时已经为时已晚，第二个梅隆人抓住了迪马斯船长的外衣，把他赶到栏杆旁，把他扔进了船外的危险水域，在水里的梅隆人迅速向他发起进攻。船长虽然战斗到了最后，但是还是被敌人拖入水下。

第二十五章

维克吓坏了，注意力分散了，梅隆人在他反应过来之前从他手中夺走了一口煎锅。维克大声喊着，突然更灵活地转动身体，挥动起另一口平底锅，斜斜地打在梅隆人的头饰上。敌人把第一口锅扔到船体侧面的栏杆旁。维克后退到莱珊德拉身边，像举高尔夫球杆一样举起最后一口平底锅。

看到他们的船长落水，金海象号的其他船员咆哮着要为船长复仇。他们已经明白，这是一场生死搏斗。尽管梅隆人持续不断地从水中涌出，但是水手们没有放弃。这群肌肉发达的男人用木棍、金属链条、甲板栏杆碎片、船钩尖端全力战斗。

凯莎和斯尼格米提亚继续用火焰法术短暂地击退敌人，但他们的燃料即将耗尽，空气中的火焰闪光太小了，这个法术原本是用来点燃蜡烛和手电筒的，没有足够的热度来点燃梅隆人。

维克看到一根折断的桁端在甲板上滚动。由于他已经不能再敲响两口平底锅，所以他伸出脚拦住了这根木杆，然后对莱珊德拉喊："拿起另一头！我们两个能拿起来！"

小个子少女疑惑地看着他，摸了摸他的胳膊，明白了他想做什么。维克和莱珊德拉握住桁端两头，冲向两名水族战士。横杆击倒来袭者，将他们打退到海里。

"又打退两个，"维克咆哮道，"还需要打退大约上百万人。现在要是看到伊兰蒂亚骑兵，我肯定会很高兴。"

"伊兰蒂亚没有骑兵。我们在一座小岛上，没有马——"

他给了她一个苦笑。"你会心灵感应的。你怎么不明白我的意思？"

"你的脑袋里装满了奇怪的文化意象。我现在太忙了，没办法挨个看过去。"

水晶门：岛屿之国

"等我们活下来，我会解释的。"维克说。

阿巴卡斯圣者拿着一个又长又薄的卷轴冲了上来。"仅剩的选择是死亡泡泡法术！但是我们不能用这个法术，因为梅隆人不需要呼吸空气。这反而会让我们窒息。"

"等等！那个咒语会偷走所有的氧气，是吧？"

"是的，它会带走可呼吸的空气。它不会影响——"

维克重重地叹了口气。"难道伟大的伊兰蒂亚希塔德尔学院没有基础的生物课吗！鱼生活在水下，但它们仍然需要氧气。它们的鳃从水中过滤出氧气，就像我们的肺从空气中过滤出氧气一样。我很肯定，如果你把那个死亡泡泡法术扔进水里，梅隆人就不能呼吸了！"

"空气？在水里？"圣者似乎不明白。

提亚雷特挥舞着沉重的法杖，敲碎了一个梅隆人的头骨，紧接着将锋利的法杖尖端刺入另一个攻击者的肋骨。"圣者，无论你们要做什么，我建议尽快。我……我相信维克斯。"

阿巴卡斯看到更多的梅隆人在船体周围游动，清楚地意识到他们很快就会占领*金海象号*。"我一直都教导人们，最好的学习方式就是实验……"他用难以理解的神奇语言念出咒语。他说完最后一句，指着船周围的海面大喊道："变！"

突然间，蓝绿色的海水变了，变得又黑又安静。一片死水像污渍一样迅速向外蔓延，吸干了海水中所有可供呼吸的氧气。当黑暗的边界扫过游动着的梅隆人，他们挣扎起来。他们头部两侧成排的鳃瓣不停开合，就像喘着粗气的红色嘴唇。

惊慌失措中，梅隆战士试图游过死亡区域，但黑色的窒息持续蔓延。因为没能及时逃出死亡区域，有个长鳞战士腹部朝上漂

第二十五章

在了水面上,然后又被沉重的贝甲和武器拖动着慢慢沉了下去。两只一动不动的鲨鱼又浮上了海面。

没有新的攻击者爬出水面,受伤流血的船员们更加努力地对付甲板上的敌人,甲板都被鲜血染红了。他们杀死了两个长鳞战士,把三个梅隆人打入夺命的水域中。

寂静如骤雨般降临。在静默中,幸存者气喘吁吁地站在原地,准备迎接下一场袭击。梅隆人暂时被赶走了,而失事的船只被令人窒息的黑色水域保护着。

成群的银色鱼也浮上了水面,它们都死了——这场冲突中无辜的旁观者。维克为这些鱼感到难过,因为它们没有做什么活该被杀的事情,只是在错误的时间向错误的地方游动。但随后,他冷酷地想到,迪马斯船长也死了,被梅隆人杀害了——他也没有做任何挑起这次袭击的事情。金海象号上的人都没有做任何挑起冲突的事情。显然,是梅隆人无缘无故想要杀死所有陆地居民。海底的人想要摧毁船只,让伊兰蒂亚人远离海洋。

"呃,那个死亡泡泡法术能维持多久?"维克问阿巴卡斯圣者。

数学家看起来很困惑,好像很惊讶这个法术能起作用。"我不确定。根据我读过的所有记录,这种咒语只用作最后的手段。在古代战争中,施法的圣者也会死去。只有几个站在远处的围观的人还活着,告诉我们这个法术是有效的。"

"带上训练舰的危险咒语。"莱珊德拉说。

提亚雷特点点头。"我们现在正在打仗,必须用危险的武器。"

"其实,是我不小心把法术卷轴放进篮子里的,"斯尼格米提

· 171 ·

水晶门：岛屿之国

亚承认道，"我以为是花朵泡泡。我打包得有点急。"她看起来很尴尬，"有点急。"

圣者们一起站在裂成碎片、污渍斑斑的甲板上，清点伤亡情况。除了迪马斯船长，还有两名水手被杀。在凯莎的指导下，维克、莱珊德拉和提亚雷特尽其所能地照顾伤员。

"既然战斗已经结束了，我必须说你们都做得很好，"斯尼格米提亚说，好像在给作业课打分，"都很好。不管是学生、老师，还是水手。你们都证明了自己的秉性。非常好，非常好。"

"一次令人满意的试航。"提亚雷特将法杖猛地戳向甲板上一块完整的木板。

"**试航？**"维克惊讶地问。

黑皮肤女孩盯着他看。"把它当作练习，维克斯。梅隆人会回来的。他们知道我们在这儿，而且孤立无援。"

夜幕即将降临。"那么……你觉得谢里夫和格温多快能到达伊兰蒂亚呢？"维克问道。

"快不了的。"莱珊德拉平静地说。

第二十六章

赶走了梅隆人,在白天剩下的时间和漫漫长夜里大家仍然很紧张,但平安无事。提亚雷特在甲板上巡逻,丝毫不允许自己分神。学生、圣者和水手一直盯着船侧的水面,从不离开太长时间,担心攻击者会回来。

到了早上,还是没有谢里夫和格温的消息。维克的胃都因为担忧格温而拧在一起了。从逻辑上讲,他被困在这里,梅隆人在想新的方法击沉这艘已经损坏了的船,他比格温更危险。但他已经失去了妈妈、瑞普叔叔和福耶拉阿姨。他不确定什么时候——或者是否——他会再见到爸爸,更别提返回地球了。他在陌生世界中被卷入了不可预测的战争。他只有格温了,而她却走了这么长时间……

到了第二天下午,守望的人在高高的桅杆上发现,一场风暴正在地平线上酝酿。起风了,直直地吹向他们。维克闻到,在微风中有一股金属味。这场风暴似乎并不自然。

· 173 ·

水晶门：岛屿之国

迪马斯船长不在了，船员们乱了阵脚，但凯莎的出海次数甚至比大副还多，她已经准备好做主各项事宜。首先，她决定由提亚雷特负责安全。虽然来自阿非里克的女孩不比大多数学生年长，但是她的战斗经验比船上任何人都多。提亚雷特发挥在**草原战争**中学到的知识，立即开始制订计划、收集武器。凯莎派了一半的船员给提亚雷特，派另一半船员为船只做好应对恶劣天气的准备工作。

维克和莱珊德拉一起绑牢剩余散架的设备和用品。提亚雷特跟在他们身后，走动时像热带草原猫一样安静。"我们无法避开风暴，但我们可以准备战斗。我已经在甲板下面布置了守卫，防止梅隆人从船下攻上来。"她大步走去继续工作。

他们完成了准备工作后，会心灵感应的女孩指了指海上。在低垂的灰色天空下，扭动着的巨型生物起起伏伏，它们巨大的身躯相互推挤、彼此缠绕地滑行着。维克被不由自主地迷住了。"告诉我那些不是——"

"海蛇？是的。梅隆人放养它们，训练它们。"她指向他们正下方的水域，"我更关心的是，船下游动着什么。"

死亡泡沫已经消散，大海已经变回原本的蓝绿色——这意味着**金海象号**再次变得脆弱易攻。维克看到人形阴影在水下深处滑行，仿佛不敢靠近。他们没有追近。暂时还没有。

维克不安地说："你已经航行了很多次。我猜你已经习惯了这样的事情。"

会心灵感应的女孩声音颤抖着："一点儿也不。这不是……平常的训练课。除了在梦里，我从来没经历过这样的危险。"

维克长长地舒了口气。"嗯，在我看来你像冰雪一样冷静。"

第二十六章

她把手放在他的手臂上,读懂了他在想什么,然后遗憾地摇摇头。"我现在不冷静。我知道你和其他人觉得我是一个……冷淡的人。我也有朋友,但我会和他们保持距离。"

"但是为什么呢?你不需要和我保持距离。"

她摇了摇头。"这是因为我会心灵感应。我做梦时会看到一些事物,清醒时也会看到幻象,我不想看到这些东西。不接触别人,建起壁垒,与所有人保持距离,这样我会活得更轻松。我也害怕,但我懒得表现出来。"

她盘着双腿坐在甲板上,把手肘撑在膝盖上,双手捧着脸。她深红棕色的卷发向前垂下,遮住了脸。"有时我无法阻止影像进入脑海。但现在我的思绪中充满了最近看到的东西——飞翔食人鱼、濒死的水手、风暴、海蛇、攻击我们的梅隆人。"

维克绞尽脑汁地想着安慰人的话,最后他笨拙地拍了拍她的背。"也许你需要用更好的影像来替换这些现存的影像。"他在心里踹了自己一脚。*这话说得多么愚蠢?*他们正处在危机中,甚至不知道能不能活到明天,而他还让她想象更好的影像?真是个鼓励她的好方法!

莱珊德拉没有转过头,但身体靠向维克,这让他很惊喜。"维克斯,和我说说你的家乡吧。那儿一定充满了奇迹,毕竟你和格温雅那么希望回到那儿。"

"你们这儿的岛虽然也不差,但它不是我们的家。我爸还在那儿。我知道自己不能马上回去,但如果他能如愿跟我们在一起,也许我就不会这么想家了。"

维克也向她靠过去,直到两人肩膀挨在一起,然后他想起他怀念的地球事物。"我想我们确实有你刚才提到的、能讲给你听

水晶门：岛屿之国

的奇迹。先说好，我们那儿不像伊兰蒂亚有这么棒的魔法系统，但我们有便捷的工具。"他想了想最喜欢的厨房用具，"就像微波炉可以快速做饭，而且可以三分钟做出爆米花，香到屋子里的人都能闻到！"

"爆米花？"

他轻笑。当然，她不知道爆米花是什么。"尽量理解我的话就行了。"他描述了汽车和喷气式飞机，还有它们的惊人速度。

她瞥了他一眼。"真的吗？"

"我没开玩笑。我们有种能源叫做电力，它不是来自水晶、魔法或者镜子磨坊。我们在很多方面都用上了电力，比如让微波炉运行、照亮房子、播放音乐、远距离交谈、发送电子邮件、冷藏食物以免变质，甚至开关门。我们还可以只用拍手就开关灯。"

莱珊德拉的肩膀还挨着他的肩膀，维克可以看出在自己说话时她正在脑海中勾勒画面。会心灵感应的女孩渐渐放松。"还有这个电——电——"

"电力。"

"是的。可以为**金海象号**这样的船提供动力吗？"

"如果电池够大是可以的。"然后他想到了她还会喜欢听的东西，"另一件我们能做的很酷的事情是用光制成的图像讲故事。我们在电影院里看这些故事，我们也可以在家里用一种叫做电视的东西看故事。"

"这些也是由电力驱动的吗？"莱珊德拉问。

"你懂得好快。我们那儿有很多海洋，我喜欢在海里游泳，尤其是夏天的时候。我们那儿还有高山，冬天会被雪覆盖住。你知道雪——冰，冻住的水吗？"

第二十六章

莱珊德拉笑了。"我妈妈来自一个每年好几个月都有冰雪的世界。她告诉过我，我也看过图像，但我从来没穿越水晶门去参观过。"

"在雪山上，我喜欢玩撑杖滑雪或者单板滑雪。"

他想起了几年前的家庭度假——瑞普叔叔和福耶拉阿姨坐在滑雪小屋里的炉火边，他们坐缆车去山顶时爸爸牵着妈妈的手，妈妈没用滑雪杖就从山坡上轻快地滑下来，格温在第一节滑雪课上努力学习，在雪地上跌倒又勉力起身，结果跌进更深的雪里，他自己尝试着玩单板滑雪。

莱珊德拉感知到图像，似乎着迷了。"可是怎么——"

"我们将光滑的木板绑在脚上，然后从积雪覆盖的山坡往下滑。"

"这些是由电力驱动的吗——"

"不是的。滑雪板不需要电力驱动。只需要重力。但有时我们也用电力——引擎——去到山顶。我们坐在特殊的椅子上，这些椅子绑在绳子和滑轮上，就像升起船帆的那些装置。一旦我们到达山顶，我们就可以一路向下滑回去。"

莱珊德拉看着他，感到很奇怪。"但如果你们想待在山脚下，为什么要去山顶呢？只是为了滑下去吗？"

"这儿你弄错了基本概念。"维克笑了，徜徉在对地球和家庭的遐想中，"因为**好玩**。"

莱珊德拉的脸色再次变得不安起来。"你们的世界没有战争吗？还是说你们不用面对像梅隆人这样的敌人？"

"哦，我想每个地方迟早都会发生战争。"维克觉得读心女孩需要一些正经的鼓励，她的脑海中有太多恐怖的影像在盘旋，他

水晶门：岛屿之国

必须给她一些更好的影像，所以他赶紧补充，"要不我讲一个你肯定会觉得非常有趣的战争故事吧？"

文静少女狐疑地看着他。"维克斯，那就说说吧。"

维克在脑海里不再想风暴、海蛇、梅隆人、飞翔食人鱼了，他用胳膊搂住莱珊德拉的肩膀，集中起注意力。他希望她能看到自己最喜欢的生动影像。

"很久以前，这场战争在一个非常遥远的星系爆发了……"

✥

在故事里，主人公刚刚进入了一个挖得很深、充满危险的战壕，努力摧毁反派的堡垒。邪恶追随者追赶着主人公，想杀死他。一切似乎都乱套了，直到——

有什么东西砰的一声撞到了船身。

维克和莱珊德拉立刻警觉起来，爬起身看向栏杆。提亚雷特跑了过来。得知响动是因海浪翻腾冲刷船体导致桁端损坏，他们松了口气。

莱珊德拉喘了口气，而维克的呼吸仍旧急促。在他们正下方，一个梅隆人爬上断掉的桁端漂浮在水上。

提亚雷特吹响哨子，发出响亮而刺耳的警报："梅隆人！"

不自然的风暴几乎要向他们袭来。冰冷的水珠从上空洒下。海水变成了深灰色，维克看到水下有梅隆人游动的身影。海蛇现在靠得更近了，近了很多，但它们还在远处徘徊着等待着。

警告的呼喊接连响起。剩下的所有学生、圣者、船员拿起他们的武器，准备好战斗。就在这艘颠簸的船倒入海浪之前，维克瞥见远处有什么巨大的东西正朝他们过来。海蛇？另一群飞翔食

第二十六章

人鱼？他无法确定。空气中弥漫着明显的寒意。开始下雨了。

海面桁端上的梅隆人发出信号后，数十个水族战士浮出水面，朝船游去。这看起来像是最后的进攻。

当船冲上下一波浪尖时，好几个梅隆人开始爬上船。维克害怕地瞥了一眼船外的海蛇，那群远处的威胁，但雨下得更大了，他看不清那些巨大生物。雨滴又大又冷又重，就像一连串的小水球。不到一分钟，他的头发和破烂的衣服都湿透了。

一声巨响传来，像两车相撞的声音，某声巨响来自船身一侧的撞击。长满鳞片、下巴尖尖的海蛇直起身来。一道闪电划过，他看到它的头上绑着装甲板。海蛇逼近了训练船。

又一波冲击从另一面传来。维克看到三条以上的绿色巨蛇在梅隆人的指导下蜿蜒疾行而来。一个水手从甲板下面喊："最后一条蛇把船撞裂了！我们正在下沉。"

"把所有人都带出去！"

"我们沉得很快！"

金海象号落入另一波海浪低谷，第一个梅隆人踏上了甲板。和之前一样，提亚雷特用法杖迎敌。受到迎头一击后，这个生物向后绊倒，抓住了莱珊德拉湿漉漉的长发，猛地把她拽倒在被雨水冲刷的甲板上。维克迅速反应想都没想地狠狠一脚踹向攻击者额心。他发出尖锐的惨叫，松开了莱珊德拉的头发。提亚雷特又用法杖砸向梅隆人。

另一个梅隆人出现在船的一侧，莱珊德拉抓起一大块碎木头，打向这个生物，而维克也把他往后推。梅隆人掉进海里，就像金海象号一样漂浮到另一波海浪顶端。

"嘘，他们为什么不再等一个小时？"维克气喘吁吁地说。

水晶门：岛屿之国

"我们很快就会全部沉入水下。"沉船已经发生惊人的倾斜。

"看那儿！"莱珊德拉指着风暴。

维克在猛烈的雨中眯起眼睛。一声巨大的**轰鸣**回荡在水面上，接连又是几声轰鸣。水冲进他的眼睛和嘴巴里，顺着背脊流下去。但他看到的景象令他如释重负地笑了起来。

"看——他们来了！他们做到了。"维克高兴地叫了起来。远处，一队伊兰蒂亚守卫船在汹涌的水面上像利刃一样快速驶来，每分钟都越来越近。它们在海上发出明亮的闪光，如同一枚枚**魔法炮弹**，打向残破船体周围的海蛇。

谢里夫和格温站在领头船的船头，向他们挥挥手。炮火的轰鸣声越来越近，梅隆人放弃了战斗，潜回大海。金海象号上的幸存者都欢呼起来。

"嗯，我要的是伊兰蒂亚装甲部队，"维克咧嘴一笑，"看起来他们已经到了。"

第二十七章

经历了这么多,格温相信返回伊兰蒂亚的航程会如度假一般顺利。

伊兰蒂亚海军迅速赶走了潜伏在破损金海象号周围的梅隆人。巨大的炮响吓跑了海蛇。天气巫术失效后,风雨突然停了,风暴云散去了。

疲惫的新生、学徒、圣者和船员被带上了伊兰蒂亚守卫船**光明战士号**——也不是很快就登上船的。破损的训练船倾斜着颠簸着,海水从多处漏洞涌入船体。四分五裂的桅杆倒在水中。不一会儿,避难的人和一些贵重财物被带上守卫船,金海象号很快就静静沉入水下,只在水上留下四散的残骸。迪马斯船长的船员沮丧地看着这艘船消失在了梅隆人的领域……

但至少幸存者都安全了。

救援船宽敞明亮,船长布拉德西诺伊斯海军上将让浑身湿透的幸存者换上洁净干爽的衣服。在甲板上,伊兰蒂亚的水手们忙

水晶门：岛屿之国

着让船队调转方向。莱珊德拉的妈妈已经接管了军队厨房，分发着一杯杯莫斯艾尔、布莱克斯特普，和一碗碗浓稠的炖菜。

格温和谢里夫坐在木桌旁，都精疲力尽但又精神振奋，互诉着彼此的遭遇。他们比较起彼此的伤痕、淤青、割口，就好像它们是荣誉的勋章。谢里夫重重地叹了口气，展开了现在变得破烂不堪的飞毯，从他的背包中取出一捆紫色的布料和金色的日阿迦水晶线，艰难地修复被飞翔食人鱼造成的损坏。

"天哪，"维克说，"我真庆幸那些大口咬人的鱼没有咬到你和格温。"

格温浑身一颤。"它们不是没**努力**。"她看谢里夫费力做着针线活，"你确定能补好吗？"

"如果幸运的话，是能补好的。我的编织技巧一般，但需要做的就只是缝上所有的洞，地毯上的魔力应该能自己完成修补——至少我是这么听说的。我之前从来没测试过它的愈合能力。它之前从来没损坏得这么严重。"

"希望我也能那么容易就补好衣服。"格温说。这对堂姐弟终于不得不放弃了他们破烂不堪的海洋王国衣服，换上伊兰蒂亚人的衣服。格温穿上一件柔软的白色褶皱长袍，腰部缀有堆起的褶皱，下身穿着宽松的抽绳卡普里裤，肩上披着淡紫色披风。维克穿着类似款式的淡黄色、蓝绿色衣服，不过腰部处没有堆起褶皱。

格温指了指他的托加袍。"我有一对耳环，配上你的衣服真的很可爱。"

维克在她的手臂上轻轻地打了一拳。"好吧，但我拒绝穿高跟鞋。"

第二十七章

玩笑归玩笑，格温还是很想念他们的T恤。她觉得就好像将一部分自己抛在脑后。她每天都在这儿经历各种惊人或可怕的事情，她的生活天翻地覆。伊兰蒂亚人欢迎他们的到来，他们的新朋友——真正的——甘为他们冒生命危险。但她担心自己的生活再也变不回从前了。

～～～

人群在伊兰蒂亚港口迎接船只返航。训练船上的人的亲友聚集在码头上。五位**五行会**成员穿着鲜艳的长袍，站在人群最前面。

"真高兴你们这么多人还活着。"伊瑟亚说，她是艺术长老和地方理事会的领导人，这个白袍女子将乌黑的头发盘成高高的发髻，"我们为那些死去的人感到悲痛。"

"他们被我们的敌人杀害了！"海拉莎说，她是严厉的防御长老，怒火染红了她的脸颊，就和她的长袍一样红，"首先是阿尔戈船长的船，几天后又是**金海象号**。梅隆人已经彻底宣战了。"

波勒普圣者驾驭着蒸汽代步机器人叮叮当当地走向码头。"梅隆人已经到了仇恨所有陆地居民的地步了，憎恨这个岛屿存在于他们的海洋中。我是唯一逃脱他们束缚的葵母族人，我很难过。"格温看着头部在水箱里漂浮的水母，她能理解波勒普的苦恼，他自己自由了，然而族人却被囚禁着，"即使是现在，我的族人还被奴役着为梅隆人制造新的武器。"

"我们绝不能放松警惕，"海拉莎警告说，"我们必须加强伊兰蒂亚的防御。"圣者阿巴卡斯、斯尼格米提亚和布拉德西诺伊斯海军上将和五行会一起离开了。

水晶门：岛屿之国

莱珊德拉搂着她妈妈走下坡道。一个身材魁梧的大胡子男人带着一个红棕色齐肩发的小男孩挤过人群——大概是读心女孩的爸爸和弟弟。看到他们，格温感到喉头一紧。他们跑上前紧紧抱住彼此。在家人把她带入人群之前，莱珊德拉只来得及回头看看格温和维克。

到达拥挤的码头，这对堂姐弟走到一边看着大家拥抱各位新生、船员和学徒。虽然在伊兰蒂亚活了下来也让他们很高兴，但这趟幸福的归途强烈地提醒着格温，他们还没有到家。

码头变得空荡，庆祝活动逐渐平息，格温产生了强烈的思乡之情。她和维克虽然是可以回到他们在希塔德尔学院的住处，虽然谢里夫和提亚雷特也在那里，但他们是朋友……不是家人。她希望至少卡普叔叔能和他们在一起。

皮尔斯博士之前想把他们送到这里，是为了他们的安全。格温在目睹凶残的梅隆人袭击无助训练船之后，她不确定自己和堂弟在伊兰蒂亚会更安全。

除非他们能设法找到维克的妈妈。又或者，除非他们找到了带卡普叔叔穿过水晶门到达伊兰蒂亚的方法。

但是他们不知道从哪里开始。

第二十八章

第二天,这群小伙伴在好好地休息过后,走小路前往实验室和塔楼。因为卢比卡斯的法术,这条路上现在长满了粗壮的葡萄藤。

实验室里非常热闹。老圣者和他的助手似乎无处不在。其中一个人偶尔会叫出一个数字或一个名字,另一个人会表示赞同,然后卢比卡斯会急忙赶到大理石讲台上。圣者没有坐在写字台后的凳子上,而是拿起笔浸入墨水瓶中,在羊皮纸卷轴上潦草地写下一两行字。显而易见,小朋友们踏上训练航程后,他们一直没有停下研究。

维克和他的朋友们等着卢比卡斯注意到他们,奥菲恩摇摇头,警告他们。大胡子圣者朝他们举起一根手指,好像要把手指压在他们嘴唇上让他们保持安静,然后冲回写字台,在卷轴上用力地快速写着什么。

仿佛过了好久之后,圣者终于放下了手。他又盯着卷轴看了

水晶门：岛屿之国

一分钟，然后对着来访的人微笑了起来。"欢迎回来。我很高兴看到你们活了下来。你们所有人都活了下来。"

"实在是九死一生。"提亚雷特说。

维克走向墙上的水族箱，盯着四只阿奎特娃娃鱼在水族箱里游泳。想到**金海象号**的遭遇，他说，"现在我明白为什么这些小家伙认为开放海域太危险了。"

奥菲恩侧头看了一眼水族箱，表情吹胡子瞪眼的。他刻意待在了房间另一边。

圣者扯了扯自己的白胡子，灰色的眼睛里闪烁着热情。"嗯，你们不在的时候，我们有了突破——一条可以很好地保护伊兰蒂亚的新咒语。你们想看吗？你们懂得，目前只是一个小咒语。可能要花几个月甚至几年，来充分扩展咒语，但这个咒语有潜力保护伊兰蒂亚免受所有攻击。"

"恭喜！"维克说。

"还有点为时过早，"奥菲恩嘀咕道，"我们还没测试过呢。"

"嗯，测试。你们愿意帮我们吗？这应该会对你们很有启发。"卢比卡斯说。这群小伙伴很快就答应了。他拿起银色墨迹还没干的卷轴，大步走向房间中央。

谢里夫和维克也向前走，互相推挤着想先看到卷轴，但奥菲恩说："退后。我会告诉你们什么时候可以参与。"

接下来发生的一切更令人困惑。这个帅气的学徒递给格温一把弯刀，然后把标枪递给维克，把石头扔给莱珊德拉，还把一根吊索和几颗锋利的水晶给了谢里夫。提亚雷特已经有了龙眼法杖。奥菲恩告诉他们站在哪里，让他们五个人面向大师圣者均匀散开。

第二十八章

维克看着锋利的标枪，问道："所以，呃，这是你们第一次用这个咒语吗？"

"是的。让我们看看能不能成功。"卢比卡斯面对着准备好的帮手，开始念出卷轴上的咒语，圣者花了将近一分钟念完他自己写的东西，他眨了眨眼，"嗯，有效果吗？"

"我什么也没看到，"格温说，"所以我推断法术失败了。"

卢比卡斯扬起浓密的白眉。"唔。眼睛只能看到可以被看到的东西。"

维克对身边的莱珊德拉小声说："我希望这不是伊兰蒂亚最好的谚语之一——我很确定我们都知道这一点。"

圣者的嘴角勾起一抹笑容。"很好，现在你们可以和我一起待在房间的这一边。"

他们带着好奇和疑惑，都朝着卢比卡斯走去。维克走了不到三步就撞到某个坚实的东西上。他大叫一声，然后伸出手，感受到无形的障碍。"凉凉的！这是一个力场，就像《星际迷航》中的一样。"

"对，是盾牌。"卢比卡斯说。

"哦，现在我能看到了。"格温说，听起来错过了这么明显的事情让她觉得很尴尬，"它是透明的，但是在微微发光。"提亚雷特好奇地用法杖上的龙眼石敲了敲屏障。

维克揉了揉受伤的鼻子。"是的。就像爸爸总是说起的问题——你只需要从正确的角度去看。"

"试试你们的武器。看看你们能不能碰到我。"

格温用弯刀尖戳了戳盾牌，同时维克也用标枪戳了戳盾牌。提亚雷特显得更感兴趣了，她甩动法杖，显然有信心在出现问题

水晶门：岛屿之国

时立刻收手。龙眼石也被盾牌弹开了。

"太好了，"卢比卡斯说，他双臂交叉地站在盾牌后面，"真妙。"

莱珊德拉扔出的石头没有任何效果。谢里夫把水晶系在吊索上，用力投掷出去，让水晶直直地飞向圣者。水晶被盾牌弹开，掉到地上之前击中了最近的墙壁，正好错过了水族箱的底座。无精打采的鳗鱼惊慌之下发出更亮的光。阿奎特娃娃鱼模仿着骂人的姿势游走了。

奥菲恩看起来又得意又满足，他用尽全力把一块沉重的水晶扔向无形的墙壁。这位助手看起来真的很像一个要伤害大师圣者的敌人，但是这个盾牌咒语阻挡了他的进攻。

维克现在确信自己不会真的造成伤害，他后退几步扔出标枪，标枪真的没有造成伤害，啪的一声掉在地上。格温双手紧紧握住弯刀，用力挥动弯刀砍向盾牌，也没有效果。而这一砍让她手臂猛地一颤，然后丢掉了嗡嗡作响的弯刀。

"真棒。我相信这个咒语将不仅仅能保护我们免受梅隆人攻击！"卢比卡斯举起双手说，"阿欧啦，变。"盾牌消失了。他朝他们走来，没有什么东西拦住他。

虽然圣者看起来对完成的效果非常满意，但是奥菲恩像往常一样泼冷水："这个小试验用的卷轴极其复杂。将护盾扩展为能有效庇护一定范围的半球体护盾更加艰难。"

老圣者挠了挠左边的眉毛。"嗯，一定有办法的。如果我们用大型共振透镜……或者增强装置。或者两个都用呢！是的，下一步确实有必要这么做。"

莱珊德拉钴蓝色的眼睛亮了起来。"卢比卡斯大师，这些东

第二十八章

西有的被保存在城市地下的储藏隧道里。我父亲负责两年前的伊兰蒂亚周年庆典。我知道他把这些东西放在哪里,可以帮你马上取来。"

"小孩子不应该下到——"奥菲恩又开始念叨。

"太好了,莱珊德拉。"没理会奥菲恩令人不快的警告,卢比卡斯把法术卷轴放在工作台上,"我们没有时间可以浪费了。你需要所有朋友来帮你一起去拿共振透镜和增强装置——要小心。"他抓住了助手的袖子,"来吧,奥菲恩。我们必须立即和五行会会谈。这可能是我们拯救伊兰蒂亚的最好机会。"

他们将法术卷轴草稿留在桌子上,全都冲出了实验室。

第二十九章

格温发现,伊兰蒂亚地下迷宫般的洞穴令人着迷。通往这座岛的地下通道的入口距离卢比卡斯实验塔并不远,莱珊德拉带着大家走进一条漫长而寒冷的隧道。

"很酷的秘密通道。"维克看到岩壁上凿了好几百个壁龛,他开玩笑说,"是地面上的橱柜空间不够吗?"

读心女孩解释说:"我们在这儿储存食物和物资,以及园地所需的种子和根茎。洞穴里的温度可以防止易腐烂的东西变质,还可以让葡萄酒和麦芽酒保持凉爽。"

"就像一个古老的酒窖。"格温说。

"两年前,我们举行了盛大的伊兰蒂亚庆祝活动。我爸爸负责灯光表演,后来他把设备存放在最深的隧道中。他之前觉得再也不会用上这些东西了,但扔掉它们又很浪费。如果他的先见之明能帮到卢比卡斯圣者的话,他会很高兴的。"

他们继续前进,隧道变得狭窄、拥挤、昏暗。提亚雷特来回

第二十九章

游走，警惕着阴影里的潜在危险。莱珊德拉摸着墙壁，生气地抱怨："隧道工人应该在这里留下太阳尖来照明。所有太阳尖都不在了！"赶在格温提问前，她补充道，"太阳尖就是一根细长的棒子，里面嵌入了日阿迦的内芯。我们把它们用在便携灯里。"她摸到另一个壁柜，又是徒劳无功，"谁会把它们都带走呢？"

谢里夫走上前。"皮里，是你发光的时候了。"精灵球体瞬间发出暖黄色的光，照亮了隧道。

维克拿出钥匙串，打开了LED手电筒。"它的光不如皮里的那么亮，但应该也能用得上。谢里夫可以带路，我走最后面。"

"自从伊兰蒂亚出现以来，这些通道就一直存在，"莱珊德拉解释道，"许多小型隧道相互连接，就形成了一个几乎没人知道的广阔迷宫。有些通道被维修工人当成从岛上的一处赶往另一处的捷径。有些支路是走不通的。"

提亚雷特突然停了下来。"这边的隧道看起来像刚挖的。"维克用手电筒照了过去。这条出乎意料的隧道以陡峭的角度向下延伸，墙面和地面都出奇的平整湿滑。

莱珊德拉皱起眉头。"我们在很少使用的通道深处，靠近我爸爸存放设备的地方。应该没有新挖的通道。"

谢里夫举起发光的精灵球，球体向他们四周投射出温暖而又耀眼的光芒。"那我们最好调查一下。"他们走进倾斜的隧道，岩石提供的摩擦力勉强拉住他们，让他们不至于滑下去。通道很快扩展成一个天花板很低的洞穴，差不多是两个卡普叔叔的日光浴室那么大。

"我们现在肯定在海平面上。"格温看了看四周，笃定地说。

莱珊德拉困惑地摇摇头。"这段通道不在任何地图或者示意

水晶门：岛屿之国

图上。我不知道伊兰蒂亚在挖新的隧道。"

"这会不会是海拉莎长老新防御计划的一部分？"谢里夫说，"也许是通往梅隆人的隧道呢？"

附近的空气中弥漫着鱼和腐烂海带的味道。在洞穴的另一头，他们震惊地发现一池流动的水，仿佛是从海里来的。谢里夫把皮里的球体放进神秘的水池里，她发出的光芒渐渐变成了表示激动的橙色。透过海水，小伙伴们可以清楚地看到一条从岛边基岩通向深海的海底通道。

维克清了清嗓子。"显而易见，这条通道可以让梅隆人轻松潜入伊兰蒂亚。"

"我同意爱因斯坦博士的观点。"格温说。

莱珊德拉惊慌地指着隧道入口附近堆放的一些大物件：厚实的透明圆柱体和镜子似的抛物面水晶，就像碟形卫星接收器。"那些是卢比卡斯圣者需要的增强装置和共振透镜。有人把它们搬到这儿来了！"

谢里夫让皮里的光照亮了整个石室。无数袋谷物、一箱箱腌制食品、数袋沉重的水晶粉末被拖到了石室里。"梅隆人似乎在偷我们的物资。"

"真卑鄙。"维克说。

提亚雷特眯起眼睛扫视石室，在想防御策略。"**五行会觉得敌人不可能从岛下接近我们。**"她仔细研究水下通道，"从岩石溶解的顺滑程度来看，梅隆人用了强大的**魔法**。"

莱珊德拉跪在水池边。"如果梅隆人这样做，他们就一定派了挖掘机提前准备道路。他们的魔法在水接触岩石的地方最有效。"她摇了摇头，"我们一直以为他们会从海上来找我们。我们

第二十九章

不用担心脚下的土地。"

阿非里克少女咆哮道："梅隆侵略军现在可能已经准备好潜入我们的城市。他们想打我们个措手不及。"

格温深吸了一口气。"那么由我们来警告这座城市。我们请一些警卫到这儿来，然后再请些建筑工人来封掉那个水池。"她从水池边缘跳了回来，仿佛吓了一跳，"等等，我看到下面有东西！黑影的形状像——"

"梅隆人！"维克帮她补上了后半句。

下方涌出泡沫，水生战士像长鳞的水獭一样快速向上游动。两个两栖人冲出水花四溅的水池通道，像巨大的千斤顶一样掀起巨浪。

格温离水晶粉末最近。她条件反射似的用力拉起潮湿地面上的一个大袋子扔向最近的梅隆人，把梅隆人撞倒在同伴身上。麻袋爆裂了，把闪闪发光的粉末喷在两个长鳞战士身上。

他们后面又出现了两个梅隆人，推开了最开始两个挡道的梅隆人。越来越多的两栖敌人从水池里滑动出来。

"我们必须离开这儿！"维克喊，"寻求帮助！"

"我们必须阻止他们进入城市。"提亚雷特走上前，并用法杖清点敌人数量。

莱珊德拉站在她身边，踢烂了一个木箱，侧边裂开了。木箱里面放满了密封好的罐装食物，她开始向梅隆人扔这些东西。一个硬罐子砸中了梅隆人敏感的鼓膜。其他罐子被绿色的鳞片和壳板盔甲弹开了。格温加入了她，两人都开始对付入侵者。罐子碎了，还有糖浆似的果酱溅到嘶嘶作响的梅隆人身上。

"嘿，博士——我有个主意！"维克喊道。他转过身来，举着

· 193 ·

水晶门：岛屿之国

LED 手电筒照亮面前的路，用最快的速度狂奔回到他们来时的通道。就这样，他跑了。

"泰兹！你要去哪儿？"她的堂弟跑出了视线，往上跑去了通往地面的湿滑狭窄的通道，"要是我们不留下来拖住他们，谁来呢？"

谢里夫将皮里的发光球塞进网眼袋中，腾出了手。梅隆人在明亮的光线下退缩了。伊拉克什男孩又捡起一袋水晶粉末，用尽全力把袋子砸向另一个刚从水道出来、身上还在滴水的梅隆人。梅隆人用扇贝剑砍向袋子，袋子裂开了，粉末洒在梅隆人的鳞片上、脸上。坚硬的外壳紧贴着梅隆人，眼睛上全是砂砾。失明的生物掉进水池里清洗自己去了。

但是出现了更多的梅隆人，远远超过了这一小群守卫者能挡住的规模。

格温、莱珊德拉和谢里夫将提亚雷特拖离打斗，随后几人协力将木箱拖到他们面前形成路障，堵住了维克刚刚跑去的狭窄通道。格温回头看了看，对堂弟很生气，但很快她所有的注意力都集中在梅隆人对粗糙路障的破坏上了。海胆棒和镶嵌贝壳的长矛穿过垒起的木箱刺向他们。他们不久就会冲破封锁。

一个梅隆战士用独角鲸的角制成的刀砍坏了木箱，而格温把她拆下来的板条箱盖当作盾牌，挡开了攻击。"真希望我们带了法术卷轴——哪怕是点亮水晶的法术也行。"

莱珊德拉切换语言，也发出梅隆人说话时那泡泡般的声音。那些生物惊讶地停了下来，瞪着她，然后重新前进。

"你跟他们说了什么？"提亚雷特问。

莱珊德拉露出浅笑。"我告诉他们，如果他们不离开，我们

第二十九章

会把他们做成炖鱼。"

"我觉得他们不信你的威胁。"格温说。一个梅隆人撞开木箱，向她扑过去，但她运用*自御之法*躲开了，还用木箱盖击中了他的额头。她非常想知道维克去了哪里。他刚刚是逃跑了吗？她不觉得堂弟是懦夫。她见过他与飞翔食人鱼战斗，他在*金海象号*上也经历了激烈的打斗。还能有什么其他的理由吗？

取下球体，谢里夫面对入侵的梅隆人。"皮里，我需要你帮我。"他低头看了一眼小精灵，"这很困难也很危险，但我知道你能做到。"

小精灵闪烁着橙色光芒，她点了点头，明白他要她做什么。谢里夫自豪地把球体扔向那群正在费劲推开木箱路障、喘个不停的梅隆人。

紧接着，在水晶球内的小精灵收拢自己玲珑的四肢，她的头发飘动起来，全身泛着红色电光，噼啪作响。谢里夫希望水族袭击者不懂伊兰蒂亚语，他大喊道："各位，闭上眼睛！"

格温本能地按照她朋友说的去做。莱珊德拉和提亚雷特都用小臂挡住了脸。

一股强大的白光射进了石室，光太强，甚至穿透了格温紧闭的眼睛。梅隆人受到了惊吓，发出嘶嘶声和咆哮声。格温再睁开眼睛时，她看到了亮斑，仿佛在直视相机闪光灯。失明的梅隆人在颤抖。他们长满鳞片、浑身潮湿的身体因为强光在冒烟。

精疲力尽、面容憔悴的谢里夫盘起颤抖的双腿，坐到崎岖的地面上。在精灵球体里，皮里散发出几乎看不见的黄色微光，似乎失去了知觉，仿佛她已经在那一束光中用尽了全部力量。

石室现在很暗，但格温和同伴们不像梅隆人那样头晕目眩。

· 195 ·

水晶门：岛屿之国

"来吧，我们必须发挥优势！"她翻过路障，从惊呆了的梅隆人手中抢过一根海胆棒，把它当棒球棒一样挥动起来，狠狠撞向攻击者的盔甲，用力之猛，震得双方都向后退去。

失明的生物摸索着站起来。莱珊德拉与其中一个梅隆人进行了激烈的打斗，想把他的长矛拔走。提亚雷特用法杖尖头刺向梅隆人。谢里夫仍然太虚弱无法战斗，就待在路障后面。

格温把一个失去平衡的梅隆战士撞进了水池里，而更多的梅隆人从水池中爬出了。格温和提亚雷特、莱珊德拉一起快速越过路障回到后面，她清楚面对这样的军队他们撑不了多久。他们应该从看到梅隆人的那一刻起去求助的。也许那就是维克的做法！他现在随时可能带着整支伊兰蒂亚卫兵回来。

她听到身后有磕磕绊绊的脚步声传来，有人从隧道跑了下来。"我来了！"维克跑过来，撑在墙上保持平衡，然后继续向前跑，他的LED手电筒照着面前的路。她的堂弟几乎没有放慢脚步就跳进了石室。格温抓住他的胳膊，让他转身停了下来。

在他们前面，梅隆人一边发出嘶嘶声，一边愤怒地撕扯着破烂的路障。

"莱珊德拉！我需要你。"维克手中抓着一张卷起的羊皮纸。读心女孩摇摇晃晃地躲开了梅隆人刺出的弯刀，维克在她倒下之前接住了她。"来，你得用这个！只有你能做到！"

莱珊德拉接过那张羊皮纸。"这是什么？"

维克举起微型手电筒，方便她看清卷轴。"这是卢比卡斯圣者正在研究的盾牌法术。他和奥菲恩去见**五行会**时把卷轴留在实验室桌子上了，所以我拿过来了。"他气喘吁吁，"只是没想到这儿离得这么远！"

第二十九章

格温看着堂弟,既惊讶又高兴。"你偷拿了那卷卢比卡斯的法术卷轴?这只是一个草稿。"

"当然,但我们都看到它是有效的,对吧?哦,我觉得帮手在路上了。我应该发出了警报。"

"你怎么发出警报的?"

"嗯,我抢过法术卷轴就跑了。有人在我身后喊,但我停不下来。我喊道,'拉响警报,跟我来'。我下来的时候,卫兵正在追我。"他咧嘴一笑,"他们应该马上就到。"

格温摇了摇头。"我想这也是个办法。"

莱珊德拉拿起草稿卷轴,沮丧地说:"我念不来这个!只有一部分是用伊兰蒂亚语写的。还有一部分是用古语写的。我不确定能不能——"然后,她打起精神,开始大声念出这些单词,尽管磕磕绊绊的。

格温扶起谢里夫走到红棕发女孩身后。提亚雷特等待着,做好咒语无效就继续战斗的准备。几个梅隆人伸出长着蹼的爪子,扯开破烂的路障。其他水族战士用贝壳刀和海胆棒砸碎了路障。

少女用故作坚强的声音刚念完咒语,就坚定地喊出"变!"一道闪闪发光的墙壁就像凝固的水一样在隧道开口前延伸开来,在敌方战士冲破路障时形成一道半透明的屏障。

神奇的盾牌挡住了惊讶的梅隆人。敌方战士撞到无形的墙上,用海底武器刺向盾牌。但法术盾牌承受住了。

"你做到了,莱珊德拉!我就知道你可以的!"维克看着格温并露出自信的笑容,"是不错的主意吧?我自己想到的。"

格温一拳打在他肩膀上。"我就知道你没逃跑。"

水晶门：岛屿之国

"维克斯之前就已经证明过他是个勇敢的人。"提亚雷特说。

"哎呀,我不能光站着解释。谁一提出什么想法,我们就会展开漫长的讨论,然后你就会列出至少五点你应该代替我去的理由。这还是最简单的情况。"他哼了一声,"我从来没跑得这么快!"

一种令人惊讶的情感涌上心头,她抱了抱维克。"泰兹,我们要想办法帮助伊兰蒂亚赢得这场战争。然后他们会有很多时间来帮助我们把你爸爸带到这儿来。"

维克咧嘴一笑。"然后找到我妈妈。"

梅隆入侵者被挡在盾牌后面,无能为力地咆哮着。格温看向莱珊德拉寻求翻译,但读心少女苦笑着摇了摇头。"你不会想知道他们在说什么的。"

"我当然想,"格温说,"我想知道一切。"

"他们说我们的内脏会成为他们孩子的项链,还有——"

终于,他们身后的隧道里传来了一声巨响。气喘吁吁的卢比卡斯、海拉莎长老和众多伊兰蒂亚卫兵带着太阳尖和武器出现了。

"我之前还希望你们都快点到这儿来。"维克说。

看到梅隆人,海拉莎长老看起来感到又震惊又满是义愤。"他们现在都敢到我们的城市来袭击我们了?"她皱眉,"是什么拦住了他们?"

"一块力盾。"格温说。谢里夫现在基本恢复过来了,他拿起皮里明亮的球体来照亮盾牌后面的沮丧生物。

"啊!对于正在研究的咒语来说还不错。"卢比卡斯看到了莱珊德拉手中的卷轴,"我可以拿回法术卷轴吗,小姐?"

第二十九章

她高兴地把羊皮纸还给了他。"我觉得盾牌快要消失了。"

"我会加固这个盾牌的。发音准确非常重要。"卢比卡斯又念了一遍咒语,加固了盾牌。盾牌挡住了敌人,他慢慢向前走,展开羊皮纸,像攻城槌一样缓慢推动面前坚不可摧的盾牌,迫使梅隆人后退。

海拉莎双臂抱胸,表情坚定注视着一切。她在大师圣者两边各安排了一个卫兵,然后安排其他卫兵去请工程师们并且取来建筑材料,好封堵伊兰蒂亚的防御漏洞。

海拉莎发号施令时,卢比卡斯和两个守卫又往石室里走了几步,盾牌把侵略者都逼退了。梅隆人的咆哮声和沮丧的叫喊声越来越大,直到最后都被挤回了水下的地板门后。无奈之下,被挫败的入侵者一头扎进险恶的通道,一一游走了。

最后一个梅隆人用爪足站在岩石地面上。他向后弯腰,对抗着魔法盾牌,直到最后一刻。最终,他仍然挥舞着贝壳弯刀,落入水道时几乎没有泛起涟漪。

第三十章

　　入侵的梅隆人被挫败，伊兰蒂亚人众志成城地团结起来。曾经消极的海底居民已成为非常真实的威胁——对所有伊兰蒂亚人而言，不仅仅是水手和渔民。整个城市现在都处于高度戒备状态，每个人都做好了应急准备。

　　五行会又举行了两次战争议事会来决定岛国采用什么样的方式与海底敌人进行战斗。所有圣者被告知要准备好咒语，而海拉莎长老则命令城内的守卫队分发好所有人都能使用的常规武器。

　　巡逻队整晚都在巡逻，沿着海岸线，在陡峭的街道上上下下，提防梅隆间谍从阴暗处溜过。所有居民都准备好在发现海蛇、风暴前兆或飞翔食人鱼的迹象时发出警报。伊兰蒂亚人再也不会低估危险了。

　　葵母圣者波勒普周围是熏天的臭气和滚烫的火炉，他在化学实验室里弄出哐哐啷啷的响声，致力于重新创造他和族人在水下火山底附近发现的一种爆炸性化学混合物。

第三十章

在灯火通明的思学馆里,历史学家研究着古代卷轴,想从以前的遭遇中收集关于梅隆族的一切。几千年来,伊兰蒂亚人认为来之不易的和平会在两个种族之间维持下去。虽然显然有些什么变化使他们增加了暴力活动,而且梅隆人早有谋划。

格温主动提出在夜间协助卢比卡斯圣者和奥菲恩,因为他们一直不眠不休地工作,不断扩大和改进防御盾牌咒语。她的堂弟和他们的朋友会在黎明时分渔船起航早起盯梢。所有人都觉得梅隆人会卷土重来,而且会全副武装。

在实验室里,格温喂了鱼、发光鳗鱼和阿奎特娃娃鱼,然后又点燃了三颗日阿迦水晶来让杂乱的房间在最黑暗的时段保持亮堂。苍白的石墙、水族箱、天窗以及存放在货架上的半成品上反射出令人愉悦的温暖灯光。所有其他项目暂时被搁置了。

奥菲恩不愿意让格温在那儿"掺和"。他提醒她——还有卢比卡斯——她在打开通往地球的窗口时"粗心摆放"阿迦水晶阵列。当她为自己辩解,助理只是嘲笑她的说法,不相信有人破坏了她精心测量的阵列。"格温雅,你觉得自己很重要,你觉得梅隆间谍会不顾一切地给你和你堂弟捣乱!"他大笑出声,"我觉得更可能不是可怕的阴谋,而是单纯的草率。"

"嗯,我需要帮忙,"卢比卡斯说,"你们两个能别互相找麻烦了吗?就像奥菲恩总爱提醒我的一样,这个咒语研究对整个伊兰蒂亚的防御有巨大影响。我们不应该分心。"

"也许我们应该在白天精力充沛时再研究这个。"奥菲恩建议道,没有表现出任何悔意。奇怪的是,他在大部分工作中一直都拖拖拉拉的。

格温赶紧跑到圣者的桌子旁。"只要您需要我,我随时准备

水晶门：岛屿之国

工作，卢比卡斯大师。"她用一块特殊丝质抹布擦亮共振透镜光滑的晶体表面。凹面镜水晶和闪亮的测量棒看起来确实令人印象深刻。如果它们要用于引导咒语在大范围内生效，那么它们就必须要完美无瑕。在将梅隆入侵者赶出隧道后，她和她的朋友们把透镜和增强装置带到了圣者的实验室。假如他们晚一天去找储存的设备，梅隆人早就拖着物件去了海底。他们是怎么知道卢比卡斯需要这些物件的呢？

由于盾牌咒语的草稿卷轴在对抗梅隆人时发挥出色，大胡子圣者对自己的想法更热情了。已经证实原理是可行的了。格温想不通守护盾牌为什么不能扩大、覆盖更广阔的区域。

卢比卡斯盯着羊皮纸碎片和不完整的法术卷轴。他自言自语，注意力高度集中。"嗯，我想到了另一个办法。如果我们没办法将护盾扩大到整个岛屿，也许我们可以把许多小盾牌连接起来，就像锁子甲一样。"

奥菲恩警觉地抬起头。"那就需要好几桶阿迦水晶墨水写出一卷又一卷的咒语卷轴！还需要一群有才能的圣者来抄写，再用复杂的古语念出咒语——"

"看来你在错误的地方省功夫了。如果有效的话，没人会抱怨费用和艰难。"

卢比卡斯飞快地写下一个又一个片段，修改线条和标点符号，在大胆念出咒语之前嘴里反复念着这些神秘的单词。格温估计他只是在练习。她把新部件全都擦干净了，然后帮他整理各个版本的咒语，记录每次实验的效果。卢比卡斯他自己都没这么有条理。

在他背诵完每个咒语后，格温、奥菲恩和圣者都会查看结

第三千章

果。每次施咒失败后,他就把羊皮纸揉成一团,然后拿起一张新的,尝试新的咒语变体。格温拣回被丢掉的法术卷轴,将它们堆放在一起,毕竟不知道卢比卡斯什么时候会再次需要它们。

卢比卡斯长长地叹了一口气,气馁地写下一串符号。"嗯,好事是我发现了——选择这样的字词可能会导致灾难。"

格温听到实验室外有海浪声,塔楼外墙上的葡萄藤在微风中沙沙作响。夜间活动的鸟飞来飞去,狼吞虎咽着被打开的窗户处的明亮光线吸引来的飞蛾,在日出前抢夺最后的零食。在狭窄的小巷里和下面宽阔的街道上,伊兰蒂亚的街灯水晶仍然亮着。穿制服的警卫在鹅卵石小路上巡逻。

奥菲恩忘我地工作着,但他似乎异常紧张。格温觉得他一定累坏了。角落里的小水钟传来温和、舒缓的声音,这显然帮助卢比卡斯集中了注意力;此刻,这让格温昏昏欲睡。到现在,离天亮只有差不多一个小时了。连圣者都开始打哈欠、揉眼睛。

学徒皱着眉头撑着桌子站起身,双臂交叉放在胸前。"卢比卡斯大师看看你自己!眼睛都快睁不开了。为什么不暂时停下来呢?至少打盹睡到天亮。"

"嗯,还不行,"卢比卡斯坚持道,"我还没做完呢。"

"如果你过度劳累,伊兰蒂亚可能会完全失去你。不睡觉,就有可能在编写咒语时出错。为什么不休息呢?几个小时不会有什么影响的。"

"放松一下,休息一下,嗯?大吃一顿美餐,再打个盹?"卢比卡斯看着自己没完成的咒语和所有因为差点出错而被他弄皱扔在一旁的法术卷轴,"我相信梅隆人会很高兴看到我们这样做的!"他捏响了自己的大拇指关节,"不,奥菲恩,这太重要了。

· 203 ·

水晶门：岛屿之国

我们可以忍受困倦和头痛，直到我完成咒语，确保伊兰蒂亚是安全的。"

格温不明白为什么黑头发的学徒不断提出问题。每一步他都要提出异议。危机时刻就是要承担必要的风险，要让自己挑战极限。

学徒站在阿奎特的水族箱旁边，这些洋娃娃大小的海底生物像往常一样在他身边游动。它们的形态发生了变化，就好像它们在奥菲恩身边很难保持形态一样。格温一直觉得阿奎特娃娃鱼的行为很奇怪，她想不通为什么这个帅气的学徒不喜欢无害的小动物。她想，*有些人就是不了解动物*。虎鲸修鲁可能会一口吞了他。

卢比卡斯想到一个主意，突然急促地吸了口气，格温走近了一些。"怎么了？你解决咒语的问题了吗？"

"措辞上的一点点差别，很强大，连接各个部分的新桥梁。"他用瓶子里的阿迦墨水又潦草地写了一行，然后得意地念起咒语。

一道闪烁的曲线出现在空中，延伸着穿过天花板。她希望那巨大的无形屏障没有撞倒街上的人。

"啊，朝着正确的方向迈出了一步！现在如果整个五行会都施展同样的法术，我们就可以扩展盾牌边界。也许就可以做出一整个岛的守护罩！"

"这永远不会发生，卢比卡斯。"奥菲恩的声音带着一种阴暗的感觉。

格温终于对他失去了耐心。"你为什么总是这么悲观？"

卢比卡斯疑惑不解。"你是在怀疑我的能力吗，奥菲恩？"

第三十章

"不是的。我只是在陈述事实。"他又靠近了一步,"你永远没有机会了。"

奥菲恩转过身,伸出一只爪子般的手。他的掌心托着一团小小的闪电风暴。绿色的电流从他的手指传到手腕。助理冷笑着,长脸后仰,发出一声冷笑,瞬息之间,他的嘴唇变得更宽更厚,牙齿变得更锋利。

卢比卡斯倒吸一口凉气。"你在做什么?这是怎么回事?"

"当心!"格温大喊。

奥菲恩像扔一块重石头一样把噼啪作响的绿色火球扔向迷茫的圣者。格温努力拦截,但这道光波击中了两人,将他们吞没。她无法呼吸,无法动弹。那潮水般的光亮是如此耀眼,在她的头脑里留下一片白光,让她失去意识。

第三十一章

在黎明前的寂静时刻里，睡眼惺忪的维克陪着提亚雷特、谢里夫和莱珊德拉来到港口。他讨厌早起。也许格温更轻松，只用在卢比卡斯圣者的实验室塔楼里熬夜帮忙。

但他无法抱怨。伊兰蒂亚的所有人，尤其是希塔德尔学院里的新生、学徒和圣者，都有了帮助保卫岛屿的新任务。在灯笼和闪闪发光的街头水晶的照耀下，维克和朋友们看着渔船和货船做着晨间准备，陪同各艘贸易船的守卫船也处于高度戒备状态。

漫天的钻石一般的群星让周围的夜色看起来更深了。维克摸了摸钥匙扣上妈妈给他的五边形徽章。如果她真的在伊兰蒂亚呢？但是如果她在这儿，她会不会听说过关于维克和格温，试着联系他们呢？还是她可能在水晶门连接的其他世界里？

在黎明前凉爽的黑暗中，不安的船员把武器和渔网、货箱一起搬到船上。提亚雷特和谢里夫沿着将大小船只系在一起的码头走着，维克和莱珊德拉登上了一艘在海岸线上巡逻的伊兰蒂亚尖

第三十一章

头战舰。战舰船头安有发光晶体,侦察员站在小船上,帮着引导商船进出港口。

严厉的海拉莎长老站在战舰船头看着水面,船桨齐刷刷地划动着,推动战舰向前驶去,只发出轻微的风声和溅水声。伊兰蒂亚的防御长老年纪轻轻就手握重权,她的一头乌丝中混着金色的头发从脖子根部顺着背脊倾泻而下。她的脸绷得紧紧的,透着坚定的意志,毫不软弱。

在水手们进行熟练的日常工作时,维克和莱珊德拉没有工作可做,他们向防御长老报告了情况。"既然我们已经做好了准备,梅隆人就不敢和伊兰蒂亚人乱来了。"维克勉强用欢快的语气说。

海拉莎眯起靛蓝色的眼睛,从警惕的搜索中转过身来。"很快,伊兰蒂亚人就会感受到梅隆族攻击带来的间接后果。"一条鱼跃出水面,溅起的水花把他们都吓了一跳。海拉莎不耐烦地嗅了嗅。

"你说的是什么后果?"莱珊德拉问。

"我们的敌人通过突袭船只,已经让伊兰蒂亚的经济陷入动荡。是的,我们有自己的蔬菜花园,我们的渔民带来了很多鱼类,但是这座岛从来没有自给自足过。我们依靠水晶门进行常规贸易。如果与其他世界的联系被切断了,我们就撑不了太久。这些天,即使是渔民也不敢冒险离开陆地太远,贸易船更不愿意带着货物来到这里。"海拉莎朝码头点了点头,谢里夫和提亚雷特还在那儿帮忙把装有钩子的鱼叉搬到更多巡逻船上,"梅隆人已经击沉了来自阿非里克装有星阿迦水晶的货船。那本是我们急需的物资。"

维克意识到自己把这座神奇岛屿上的很多事情看作是理所当

水晶门：岛屿之国

然的。伊兰蒂亚干净明亮，充满魔幻色彩和技术奇迹。每个人似乎都知识渊博、生活幸福、拥有私人财产，这些他都没有想过是从何而来的。他见过梯田一般的橄榄园和葡萄园，挤满了西红柿、茄子和南瓜的家庭花园。他也见过渔民满载而归，商家在码头摊位上兜售贻贝和装在装满海水的木桶中蠕动的甲壳动物。

想到人数众多的学生、教师、政府领袖、圣者和科学家，维克意识到伊兰蒂亚有多少张嘴需要喂饱。没有商船，人们会不会挨饿？

但伊兰蒂亚人不会不战而弃。站在战舰船头的海拉莎，就象征着这一点。她看起来就像一尊雕像，美丽、挺拔、不可动摇。

黎明时分，一抹暗红棕色的光出现在东方，渔船准备出发。十二艘渔船准备就绪，已经准备好在港口边缘撒网。五颜六色的帆绷得紧紧的，前三艘船趁着清晨的微风从码头启航，航海魔法引导着它们驶过平静的海面。

但就在出港船只的前方，出现了诡异的涟漪。维克手搭凉棚，尽管黎明时天还不是很亮。"那儿好奇怪。莱珊德拉——你看到那儿发生了什么吗？"

少女也感觉到了不对劲。"我不知道。"

不过海拉莎并没有犹豫。她吹响了警报。船长命令桨手驶向神秘的骚乱处。在甲板下，男人们挥动着桨。

在第一艘渔船上，几个人跑到船头，指着移动到水下的大家伙。船长转动舵桨，改变航线以避开骚乱。

尽管守卫船在水面上疾驰，维克仍看得出它们无法及时赶到渔船那儿。莱珊德拉站在他身边，猛打了个寒战，仿佛她刚刚感觉到了什么巨大而不祥的东西。"它在上升！"

第三十一章

就像维克、格温和他爸爸一起看过的巨怪老电影中的一幕，一条肥厚的触手从水下伸出，蜷曲着伸向空中，滴着水，上面的白色黏液还闪着光。触手的内侧边缘布满了餐盘大小的吸盘，每个吸盘上都长满尖刺。像蛇一样的触手厚实的外侧上覆盖着捆好的扁平金属板，就像足球运动员的护膝或者骑士的护胫，但这些吸盘上装有金属弯刀。

巨大的身躯不断升高，像某种丰满的海蜘蛛，越来越多的触手出现了。除了怪物的触手覆盖着锋利的武器，球根似的脑袋还有厚钢板保护。维克想不通谁会把战斗盔甲绑在巨型鱿鱼上。他高声问道："那个东西是什么？"

"它是梅隆人的武器，"海拉莎长老说，"我们不需要为了和它战斗还给它起名字。"

"你说的有道理。"

海拉莎大喊："所有士兵，武装起来！"一个新晋圣者，也穿着一袭红袍，抱着满怀的卷轴冲上前去。伊兰蒂亚卫兵紧握锋利的长矛。

另外两艘渔船向旁边驶去，逃开长有触手的生物的攻击范围。第一艘船上的被困渔民在甲板上跑来跑去。他们拿着专为捕杀巨型鱼设计的鱼叉，把鱼叉投向被滚滚海水淹没的怪物身体。

一支鱼叉哗啦一声掉在钢板上，然后消失在了大海里；另一支鱼叉像针一样刺穿了这个粗大的触手。疼痛让怪物变得狂暴。在水中猛扑的生物又举起了三条和第一条同样粗壮的触手，来势汹汹。

海拉莎乘坐的船被泽利德姆金属加固过，驶入了深港。水手们将长桨浸入水中，训练有素地齐声发力，让船像斧头刀刃劈过

水晶门：岛屿之国

水面一样前行。又有两艘守卫船航向海怪处。

几条触手在第一艘渔船旁绕来绕去。一条触手砍向船的侧身，就像大厨取出鱼的内脏一样轻易地就用装甲板上的金属钩子撕开了主帆。另一条触手紧缚住中部桅杆随即折断了粗大的柱子。

海水从怪物长长的球状背部倾泻而下，它背脊上布满了粗糙的刺和肿块，仿佛身上长出了珊瑚礁。它的两条前触手比其他触手长得多，巨大的抓握肢末端是宽阔平坦的吸盘。在两条较长的触手之间，有一团形状较小但同样致命的肢体扭动着。在这团肢体中间，一张咔嗒作响的嘴大口咀嚼着水，产生了很多泡沫。触手两边长着两只死黄色的眼睛，没有表现出丝毫神智。

然而，最可怕的是安在它圆锥形躯体上方中央的人造亭子。两个梅隆族将军站在弯弯的贝壳遮阳篷下，穿着海底盔甲，拿着嵌有贝壳的长矛和布满刺的棍棒。他们骑着巨型乌贼，仿佛那是大象。

梅隆族将军用尖锐的法杖和水族魔法，狠狠敲打怪物的肉头，刺激它。怪物因此变得更加狂暴，将第一艘渔船掀离水面。船员们像从脏狗毛发中抖落的跳蚤一样掉进水里。这只野兽以不可思议的力量举高船只。高处的水从四面八方涌入船体。坚固的船体发出嘎吱嘎吱的响声，最后碎裂了。

莱珊德拉紧抓着维克的手。"即使在最糟糕的噩梦中，我都没想过会看到战斗海怪。我从来没想过梅隆人会用这种东西来对付伊兰蒂亚人！"

海拉莎展开防御魔法卷轴。"我低估了梅隆人的邪恶程度。"她显然很沮丧，船还是离海怪太远了，无法发动有效的攻击。即

第三十一章

使全速前进,他们还是像在以慢动作移动。

摧毁第一艘渔船后,海怪就像装甲潜艇一样向前突进。第二条船来不及避开。梅隆族将军刺激着海怪敏感的头部,驱动着海怪游得更快了。

乌贼怪举起两条较长的触手,拍打第二艘渔船。海怪沉重的尾流在途中把船掀翻在水里。梅隆族将军紧紧抓住控制亭,用他们奇怪的语言咆哮着发出命令。维克没有问莱珊德拉他们在说什么。

此刻,海拉莎的战舰已经近在咫尺,士兵们疯狂地划船,用捶打钢铁的速度大力划动。"坚持住!"维克大叫。战舰行驶得又平滑又快速,刀尖一样的船头撞上乌贼柔软的躯体,发出一声巨响。

撞击让维克和大部分伊兰蒂亚士兵倒在了甲板上。莱珊德拉被甩到一边,差点越过了栏杆,但维克抓住了她的脚踝,把女孩拽了回来。

有些人被甩进海里,他们拼命游回到装甲战舰上。

维克趴在地上,把一根绳子从船边扔下去。"来吧,我们要帮他们!"他伸手去抓一个士兵伸出的双手。他和莱珊德拉把两个气喘吁吁的伊兰蒂亚人拽回了船上。

其他迷失方向的士兵爬起来,把一连串的锯齿状长矛刺向怪物。许多武器都被镶有钉刺的装甲板弹开,但伊兰蒂亚防守者都肌肉发达,把有些矛头深深刺进了怪物肉里。

海拉莎长老设法在船头保持住了平衡。怪物的黏液和脓液不断从她身上滴落,她不耐烦地把新晋圣者用力拉起身,接着两人展开了法术卷轴,用古语吟唱起来。魔法的气流在她身边升起,

水晶门：岛屿之国

吹动了她的长袍，与此同时，三团炽热的火球在海怪柔软冰冷的肉体上爆裂。第三次爆炸击中了它一只巨大的黄色眼睛，把它变瞎了。新晋圣者也念完了咒语，一阵火热的爆炸摧毁了一根布满吸盘的触手。海拉莎没有停歇，又展开了另一卷卷轴。

第二艘巡逻船从后方全速赶来，锯齿形的、加固船体撞向海怪背部。伊兰蒂亚弓箭手向驱动怪兽的两个梅隆族将军射出一连串炽热的太阳尖箭，但是亭子的贝壳墙壁护住了他们。

即使梅隆族将军猛击海怪敏感的肉体，它还是反射性地扭动着躲开了，然后从旁边伸出一条触手。安有尖刺的触手击穿甲板，击毁了第二艘船，折断了龙骨。残骸沉得非常快，伊兰蒂亚人没来得及跳出船。

在无数伤口的刺激下，海怪爆发出毁灭性的狂怒。梅隆族将军再也控制不了这个怪物了。它向着所有船只停靠的码头冲去。

第三十二章

维克和莱珊德拉抓住栏杆,守卫船追在海怪后面。虽然梅隆族将军控制不了怪兽了,但是他们似乎对海怪造成的破坏感到很高兴。海怪伸出带刺触手一阵快攻,击沉了企图逃跑的小船。

"划!"海拉莎喊道,"快划!"

虽然战舰因为撞向怪物而受损了,但也撕裂了海怪的皮,留下一道令它狂怒的创伤,撞掉了一大块装甲板。黏液和血液渗入水中。海怪在痛苦中猛烈地扑打起来。

终于,它到了码头。人们纷纷逃离码头,它包裹着装甲板的触手猛拍下来。弯钩形的金属弯刀劈开了木头。厚重的触手压毁无人驾驶的船只,把桩子像牙签一样撞倒在一旁。

满载的货船无助地翻倒,沉入港口底部的淤泥中。货船桅杆伸出水面就像被水淹没的森林中的枯树树尖。

守卫船从后方再次撞向海怪。海怪的触手向后挥动,猛烈撞击甲板和船头。

水晶门：岛屿之国

　　身穿红袍的新晋圣者如同一颗鹅卵石一样被扔进了翻滚的水中。海拉莎长老从倾斜的甲板上滚落下来，没拿住法术卷轴。
　　一条触手抓住了一个拿着长鱼叉冲在前面的士兵。"当心！"维克喊道，却为时已晚，触手已将士兵举到空中。士兵没拿稳鱼叉，他被海怪扔到一边，像被啃过的鸡骨头一样。
　　莱珊德拉捡到海拉莎掉下的一卷咒语。维克看到一条触手袭向娇小的女孩，移动得比他想象中还要快。他迅速反应过来，下意识地抓起刚才殒命的士兵掉下的带钩鱼叉，用尽全力刺向落下的触手。
　　海怪的反应就像碰到了烧热的火把，猛地往后一缩，离开了莱珊德拉。臭烘烘的脓液溅了维克一身，他抹掉了脸上的脓液。"真恶心！"
　　莱珊德拉站起身来，对他闪过一个瞬间的感激微笑，然后展开卷轴，用最快的语速大声念出咒语。因为她的古语磕磕绊绊的，所以她创造出的火球比海拉莎的弱了点。
　　即便如此，炽热的火球还是发着咝咝声击中了保护两个梅隆将军的指挥亭。一根柱子和侧面墙壁瞬间塌了，敌方指挥者显露出来。
　　耀眼的光芒把离他们最近的梅隆将军吓呆了。他的鳞片因为热度在冒烟，他挥舞着刺棒，想抓住支撑物，却从战斗着的海怪头上掉了下来。他掉入满是泡沫的水中，旁边的触手猛烈摆动着，掉下的梅隆人反倒被吸进了海怪咔嗒作响的利嘴里。
　　幸存的敌方将军生气地刺向海怪。巨型海兽反射性地抽搐了一下，把海拉莎的战舰推上码头。桩子碎裂了，装甲船体开裂了，一半的船体搁浅在岸上。

第三十二章

"我们被困住了!"维克抓住莱珊德拉的手,"是时候放弃船了。"

他们跌跌撞撞地跑下光滑的甲板,跳过栏杆,落在码头左侧。维克和莱珊德拉一恢复平衡站稳,就从码头全速跑向岩石海岸。海拉莎长老和士兵也在他们身后从船上撤离。

一条重重捶下的触手击碎了废弃的船,另一条触手破坏了码头。然后海怪转而攻击停靠在码头上的其他船只。

维克冲到了相对安全的地方,在海岸边众多的防守者中搜寻谢里夫和提亚雷特,呼喊他们的名字。现在天已经亮了,终于他能看清了,谢里夫和战士女孩正朝他们跑过来。他注意到了谢里夫手中皮里摇曳的光芒,发现彼此还活着,他们都很高兴。

"谢里夫,你得去找卢比卡斯大师。他在实验室和格温、奥菲恩一起工作。我们需要他的帮助!也许他有摧毁海怪的法术或者其他什么法术。"

"大师圣者肯定有神奇的武器,"莱珊德拉说,"虽然我从来没听说过有咒语能摧毁海怪。"

"他知道哪些法术可以帮助我们。"来自伊拉克什的男孩在铺路石上展开飞毯,"我要去啦!"

"把我堂姐也带过来!"绣花地毯升到空中时,维克喊道,"如果不是太麻烦的话。她肯定不愿意错过这个。"

飞毯快速飞向圣者那被藤蔓覆盖的实验塔楼时,谢里夫向他们挥挥手。"你们三个留在这里,拯救港口。"

"哦,当然,我们干的是轻松的活儿。"维克擦掉手上和脸上的黏液。然后他看到成群结队的梅隆人从水中出现——一整支侵略军队。海底步兵爬上码头残骸,在陆地上与战士交战。"仿佛

水晶门：岛屿之国

我们的问题还不够多似的！"

"我看到要做什么了。"提亚雷特说。

在维克阻止她之前，提亚雷特就冲进了水族攻击者中，挥舞着法杖，用龙眼石痛击梅隆族人的脑袋。

维克抓起从废弃的战舰上扔出的鱼叉。"我们又来了。"

第三十三章

格温不知道自己昏迷了多久。她发现自己趴在石板地上,双臂僵硬地扭曲着,被压在身下。她挣扎起来,散乱的卷轴在她周围沙沙作响,她的袖子擦过一堆水晶碎片,发出叮当的声响。

接下来,她的视野逐渐清晰,她看到奥菲恩正在房间对面收集卷轴和丢掉的羊皮纸。他满意地转身,用看起来像玻璃做的小弯刀在卢比卡斯大师身上比画。显然他没想到击昏咒就足以对付他们。

"你离他远点!"她想喊,但传出来却只有微弱的咕噜声。奇怪的击昏咒后遗症让她反胃,格温勉强坐起来,忍下了一波又一波的恶心。

学徒抬起头,他漆黑的眼睛里闪着光,她看到他的瞳孔现在是狭长的,根本不是人类的圆形瞳孔。"我打算杀了你们两个。杀死你们的顺序并不重要。"他拿着匕首走向她,卢比卡斯发出呻吟,离恢复意识还有很远。

水晶门：岛屿之国

格温挣扎着要站起来，但令人作呕的头晕让她动弹不得。奥菲恩看起来好像在笑。他拿着弯刀靠近了。

在他身后，一个强有力的声音喊道："看来我到的正是时候！"奥菲恩转身，突然一道闪光让他目眩。趁着学徒看不见，谢里夫跑上前使劲撞向他。突如其来的冲击把他的玻璃弯刀撞掉在地上，碎掉了。皮里在发光蛋球里旋转着，挥舞着双手跳起了获胜之舞。

奥菲恩发出嘶嘶声，像海蛇一样扭动着躲开了。皮里球体的亮光终于让卢比卡斯轻微颤动起来。这位大胡子圣者抬起头，发出凄惨的声音，仿佛头已成为沉重的负担。他眨了眨眼，用手肘撑起身子，环顾四周。"什么？发生了什么？"

背叛众人的学徒见自己寡不敌众，就紧紧抓住偷来的卷轴和羊皮纸狂奔向拱形实验室走廊。格温出声警告，但看到他们都受伤了，谢里夫停下来查看了卢比卡斯和她的伤势。"你没事儿吧？"

"别让奥菲恩跑掉——"格温开始说。学徒用非人的速度逃跑着，已经跑出门沿着走廊逃走了。

不过，谢里夫没有去追他。他有紧急情况要汇报。"城市受到攻击，卢比卡斯大师！一个巨型海怪正在摧毁港口。"

老圣者摇了摇头发蓬松的脑袋，挣扎着想站起来，好像得了严重的偏头痛一样呻吟着。"我从来没有经历过这样的击昏咒。"他坐了起来，想起刚才发生了什么，"奥菲恩！这不是我以前见过的魔法——但我听说过。这是梅隆魔法。"

"奥菲恩正与梅隆人合作？"谢里夫难以置信地问，同时帮助格温站起来，"我的族人说，'错误的信任可能使诚实的灵魂对真

第三十三章

相视而不见。'"

格温记得在最后一刻看到了另一个男人的脸。卢比卡斯自己的学徒——曾经和圣者在实验室里工作过一年多的人——可能是为邪恶的海洋王国效忠的间谍吗?更多想法涌上心头。奥菲恩是破坏阿迦阵列,阻止格温和维克为皮尔斯博士打开水晶门的人吗?如果是的话,这又是为什么呢?

她和谢里夫环顾实验室四周。令她沮丧的是,她看到一个曲面共振透镜被打碎了,锯齿状的碎片散落在地板上。透明的水晶棒也坏了。

"我要好好想想!"圣者揉了揉自己抽痛的脑袋。"奥菲恩在找什么?他为什么要这么做?他这么做有什么好处?这里怎么这么黑?"

皮里的光变亮,亮到让格温发现那条发光鳗鱼躺在地板上死去了。水族箱被砸烂了。这是纯粹的恶意。为什么有人会想要这样做?格温皱眉看着死去的鳗鱼、被毁掉的水族箱、洒在地板上的几摊水、被毁掉的许多旧卷轴。四只阿奎特娃娃鱼躺在一个水族箱底部,快要变干了,为了生存在浅水坑里挤在一起。这些小小的海洋生物举起细小的手臂,乞求水能没过它们。

格温惊慌失措,急忙环顾四周。令她欣慰的是,她在房间的角落里发现了水钟。她和谢里夫轻轻地阿奎特娃娃鱼从湿漉漉的地板上的破碎水族箱里提起,一次两只地把它们放入坏掉的水钟的蓄水池里。四只阿奎特娃娃鱼都放进去后,碗里就挤满了,但是这些生物感激地站在涓涓细流下,把那当作微型瀑布。它们互相泼水,如释重负地喘着粗气,水分使它们恢复了活力。虽然它们更喜欢盐水,但现在暂时也只能这样了。发生了太多紧急

水晶门：岛屿之国

情况。

来自伊拉克什的男孩一脸焦急地说："卢比卡斯大师——战斗海怪！我们需要您的帮助。"

"嗯。我必须找到法术卷轴。"圣者低头看着自己的工作台呻吟着，"不好了！"

所有咒语的羊皮纸草稿都被拿走了，即使是格温留下的那些被丢掉的。

"我的盾牌屏障法术原始卷轴不见了。一切都不见了！"他低着头，"片段、草稿、修改稿都不见了。"

格温准备下次看到奥菲恩就要掐死他。毫无疑问，卢比卡斯能记住基础的东西，但他也需要花很长时间来重新完成所有工作——当然没办法及时去对付正在港口肆虐的怪物。

她意识到了第二件可怕的事情。"他不仅从我们这儿偷了你的法术卷轴，而且现在他可以把盾牌的秘密透露给梅隆人！我们必须找到他！"她跑到窗边，推开刚长出来的葡萄叶，看着明亮的曙光，"他不可能走远！"

谢里夫举起刺绣飞毯。"幸运的是，我们能走快点。"皮里的蛋球泛着多彩的光，皮里也表示赞同。

老圣者双腿颤抖地站着。"奥菲恩知道我的所有研究！他知道我们的防御布置、我的防御方法等很多伊兰蒂亚的事情。"卢比卡斯抓住谢里夫的肩膀，"你和格温雅必须找到他。如果奥菲恩逃掉了，那么梅隆人会知道一切！走！"

他不需要告诉他们第二遍。

第三十四章

空气中散发着浓浓的梅隆人难闻的腥臭，维克几乎要窒息了。就算是自助餐厅的炸鱼条也比这好闻。

港口里，另一艘守卫船蜿蜒着接连攻向海怪。剩下的梅隆将军待在残破的指挥亭中大喊命令，企图指挥这场大屠杀。乌贼般的怪兽撞在两条小渔船上。梅隆入侵者拿着扇贝弯刀和海胆棒走向岸边。伊兰蒂亚守卫军和居民手持临时武器冲到港口保卫岛屿。

维克哼了一声，拍了拍额头。"我怎么没在谢里夫飞走之前想到这一点呢？肯定管用，我就知道！"

莱珊德拉看着他。"怎么了，维克斯？你有没有主意？"

"有了。用你带我们看过的磨镜机。但我们需要飞到空中。我不知道伊兰蒂亚有没有空军——气球什么的？"

"没有空军。"少女挑了挑眉，"但我们有踏板滑翔机。"

"就是这个！"维克想给她一个拥抱，"你会驾驶吗？能坐两

水晶门：岛屿之国

个人吗？"

"当然会，当然能。"

提亚雷特气喘吁吁地跑了过来，她的衣服和头发因为与码头上的梅隆人战斗变得凌乱不堪。奇怪的是，她在咧嘴笑。"到现在十五个！梅隆人已经学会了远离我了——这意味着我现在必须追着他们打。"

"我和维克斯要从空中进攻。"

提亚雷特毫无疑问地接受了。"我会继续在地面上战斗。"阿非里克女孩嗖嗖地挥舞法杖，甩飞掉梅隆人的血液和黏液。

✦

此刻清晨的微光照亮了小岛。从海港上方俯瞰，屠杀比维克想象中的更糟糕。

莱珊德拉轻松驾驶着这艘小巧轻便的滑翔机。这颤动的滑翔机虽然感觉不是很稳定很安全，但是坐上它肯定是令人兴奋的。微风穿过开放式的机架，让侧面和襟翼的布料沙沙作响。显然，即使是伊兰蒂亚的孩子也玩过这种小滑翔机。

"你看，我们已经知道梅隆人不喜欢强光了，"他解释道，"我记得你告诉过格温你们的镜子磨坊很神奇，能把阳光的能量储存在特殊的蓄能罐中。那为什么不——"

莱珊德拉踩着滑翔机飞过混乱的港口，一直专注于飞行。"现在我明白了。"她点点头，"当你要镜子磨坊的发光罐子时，我还觉得很奇怪。"

他伸手解开了第一个布包，还有好多布包挂在滑翔机的支架上。"让我们去第一个目标吧！"

第三十四章

莱珊德拉飞到了二十来个梅隆人的上空,他们在柔软关节的支撑下晃悠悠地走到布满碎石的海岸上了。看见滑翔机高高地飞过头顶,梅隆人举起了爪子,向着遥不可及的对手愤怒地挥动扇贝弯刀。

"准备好了吗?发射炸弹!"维克解开绳子,小心地不碰到储物罐灼热的玻璃表面,向梅隆士兵扔下一个银白色的圆柱体,"这些家伙还不知道什么东西下来了。"

海底侵略者抬头看着翻滚的发光罐子。当镜面玻璃罐撞到岩石时,它爆发出一片火光和噼啪作响的火花。火花和火光在一阵热浪中涌出,梅隆人吸入烟雾,全身长出水泡,随后失去了知觉。这群来自水下的袭击者看不见了,他们相互推搡着想寻求解脱,最后坠入海水中,徒留泡沫和热蒸汽。

莱珊德拉得意地笑了起来。"阳光的魔力!"

维克眼中的亮点闪烁了一下。"你说得对。"

莱珊德拉踩下滑翔机的踏板。他们听到了远处伊兰蒂亚战士看到耀眼的爆炸后的欢呼声。"快点,维克斯。我们还有五个罐子。"

他又快速向出现在岸边的梅隆人发射了三颗阳光炸弹。长鳞军队无法抵御火光和火花的冲击,其中许多摇摇晃晃地退回凉水里,浑身烧伤。

接下来,莱珊德拉驾驶着小型飞行器飞到海怪上空。"我要一次用掉最后两罐。"为了盖过下面的噪音,维克大声喊道,然后,他用拙劣的牙买加口音说,"是时候炸鱿鱼了,朋友们!"他扔下了剩余的一对发光罐子,扔向海怪长满藤壶的背上。

明亮的闪光使这个生物陷入了狂暴之中。海怪被激怒,背部

· 223 ·

水晶门：岛屿之国

因大面积烧伤冒烟，撞向另一个码头，又砸沉了一艘新油漆的游艇。伊兰蒂亚人纷纷逃跑，一心躲开这致命的触手。

"没炸弹了！"维克希望自己有更多的阳光炸弹。现有的还不够赢得战斗。莱珊德拉调转滑翔机，朝城里飞去。

战斗着的海怪仍然势不可挡。

第三十五章

谢里夫没有浪费时间。格温一抓住流苏,飞毯腾飞的速度就比任何运动员跑得都快。

格温凝视着骚乱的街道说:"奥菲恩比大多数人都高,而且他可能还穿着之前给圣者卢比卡斯打下手时那件学徒束腰短外衣。即便如此,我们要怎么在这么混乱的人群里找到一个人呢?每个人都在冲向港口。"

"应该很容易,格温雅,"谢里夫露出狡黠的微笑说,"他会是唯一一个跑向反方向的人。"

城里响起警报,人们慌忙走出房子,束紧长袍,拿起自制的武器。在十字路口,街灯闪烁着金色或蓝色的光芒,带有的魔力发出噼啪声。

谢里夫用力斜拉飞毯。"如果奥菲恩勾结了梅隆人,他会想要尽快到达大海。也许他已经安排了另一个梅隆间谍在海边见他。"

水晶门：岛屿之国

格温仔细辨认着，下面奔跑的人群中没一个人看起来像奥菲恩。"为什么有人会投靠海底人？他想从梅隆人那儿得到什么呢？"这个学徒总是惹她生气，嘲笑她，指责她自己导致了阿迦水晶事故。

谢里夫咬紧牙关，显然很不高兴。"等我们抓到他了可以问问他。伊拉克什把最差的牢房留给叛徒。我希望伊兰蒂亚的住宿条件也差不多。"

格温倾身向前，试图忽略高度带来的短暂眩晕——然后看到一个高大的男人偷偷躲进阴影里。那人正走在一条隐蔽的街道上，从门廊移动到门廊，远离港口。

"谢里夫！绕一圈。"格温指了指小巷，"我想我看到他了！"

飞毯倾斜起来，偷偷摸摸的陌生人突然抬起头来。一看到飞毯和骑手，奥菲恩赶紧逃跑。他迈着长腿大步远离建筑物，跑向岛上外围高地山坡上的葡萄园。

"盯住他，格温雅。"谢里夫一边说着一边专注地驾驶着飞毯。

她坚持盯着，喊道："奥菲恩！我们知道你都做了什么。住手，否则你将后果自负！"

谢里夫奇怪地皱了皱眉。"你和我能给他强加什么后果？"

格温耸了耸肩。"我就是想吓唬他。"

不过叛徒没有被吓倒。他加快脚步跑到一个华丽的拱门下，拱顶上挂满了吊篮花卉。

飞毯飞速前进，飞得很低，但学徒以非人的速度狂奔。眼看追击近在咫尺，他跑过一排石灰白的民居，跑向了大海。

在飞毯上，格温可以听到海浪声。"赶快！我们不能让他

第三十五章

下水。"

"这里没有海岸,格温雅。只有悬崖。**高高的悬崖**。他会被困住的。"

奥菲恩沿着一条爬满葡萄藤的崎岖小路跑上悬崖。他的动作很迅速,手臂快速撕扯着深绿色的叶子。格温在想梅隆人是不是给他提供了某种兴奋剂,让他能跑这么快。"那太好了,"她喃喃自语,"正好研究下类固醇。"

飞毯越来越近,她看到奥菲恩在腰带上绑了五六个卷轴,手里还拿着另外三个卷轴——都是偷来的盾牌法术的卷轴!

奥菲恩的每一步都铲起灰尘,他穿过了葡萄园,但谢里夫没有放松,把他逼往高处悬崖。卢比卡斯的学徒在岛上待了两年,一定知道朝这个方向逃不掉。根据谢里夫的说法,碎石路前面就是死路。

"相信我的飞毯,格温雅。我们会抓住他的。他无处可逃。"

当他们接近时,奥菲恩在狭窄的小路转过一个弯后停了下来。叛徒发现自己面前是突如其来的死路。黑色岩石掉入深水中。凹凸不平的石墙上到处可见海鸟、苔藓和多肉花朵,但没有人能爬下陡峭的悬崖。低处,海浪裹挟着泡沫拍打着悬崖石壁。

奥菲恩渴望地凝视着悬崖下的深水,当谢里夫把飞毯降落在地面上,他转而面向这两个年轻人。他们站在一起防止间谍逃跑,但格温没有忘记奥菲恩曾用击昏咒击倒了强大的圣者卢比卡斯。"小心点,谢里夫。"

来自伊拉克什的年轻人没有表现出丝毫担心。"你无处可逃了,奥菲恩。"皮里的圆球挂在他脖子上的网袋里。

"把卷轴还给我们,就没有人会受伤。"格温补充说,回想起

水晶门：岛屿之国

她看过的一百部硬汉电影。她绷紧了肌肉，想起了妈妈教过她的**自御之法**。特殊的伊兰蒂亚训练？有太多事情需要弄清楚了……

"你根本不明白你在说什么。"奥菲恩轻蔑地看着他们，仿佛他们不过是昆虫，"伊兰蒂亚注定要失败。梅隆族将毁了你们所有人。他们会把这座岛沉入波涛汹涌的海里，让海洋恢复纯净，就像肮脏的陆地居民穿过水晶门之前一样。"

"别自以为是了！"格温说，"伊兰蒂亚人在这儿做了很多好事。"

谢里夫补充说："他们统一了整个文明，还用**大封锁**阻止了黑暗圣者的军队。"

"**大封锁**？"奥菲恩的眼睛深处燃起一抹炽热的仇恨，闪烁着难以理解的狂热光芒。"阿兹里克许下了承诺。梅隆族将杀死所有陆地居民，摧毁伊兰蒂亚。到那时，封印的水晶门就会再次开启。"

"阿兹里克！"格温喊道，"和梅隆族在一起？他就是那个煽动梅隆族的人？"

"梅隆族将帮他扭转**大封锁**。几个世纪以来，阿兹里克的不死军队已经变得更加强大，一旦释放，所有世界都会陨落！"

谢里夫发出一声低吼。"自从**大封锁**以来，阿兹里克一直被困在外面。他乔装打扮到了我们伊拉克什——杀死了我的哥哥。"感受到谢里夫的愤怒，皮里的水晶球发出血红色的光，吓坏了奥菲恩。他举起一只手遮住了眼睛。

格温想也没想就抓住机会从叛徒的另一只手扯出了卷轴。奥菲恩猛地后退，但格温不肯放手。两人紧张地拉扯着——直到羊皮纸被撕破了。

· 228 ·

第三十五章

格温跌跌撞撞地失去了平衡,但谢里夫扶住了她。她得意地举起珍贵卷轴的碎片,而间谍则拿着其他碎片。"至少梅隆人现在得不到它们了。卢比卡斯圣者可以把其余部分拼凑起来。"

奥菲恩扔掉他手中的碎屑,任它们被吹下悬崖。但他腰上的小袋里还有几卷完整的卷轴。"你们两个都是笨蛋!天真的梦想家。"

格温握紧拳头。"我还是不明白。为什么有人心甘情愿为梅隆族效力?"

奥菲恩对此嗤之以鼻。"你以为我只是人类?那是你犯的第一个错误。"他的身体发光,他的皮肤变得粗糙、结块,然后变成鳞片,他的眼睛变大了,嘴巴也变大了,他的手变成了蹼,爪子从指尖伸出来,"我是数个世纪之前乌尔卡军队最初的将军之一。我们牺牲了一把钥匙,在他打开水晶门后,血魔法给了我们控制身体细胞的能力。现在我可以随心所欲地变成任何形态。"他长着两栖生物的嘴巴,挤出一个残忍的微笑。"阿兹里克并非一人在战斗。"

震惊的格温和谢里夫冲向奥菲恩,希望抓住最后的卷轴,但变形后的学徒干脆利落地跳下悬崖。他光滑的水生身体以干净的弧线向下坠落。

两人从悬崖边向下望去,刚好看见变形者平稳地钻入海浪中,几乎没泛起波纹就消失了。

"这可不是每天都能看到的东西。"格温说。

第三十六章

踏板滑翔机飞行结束后,维克再次踏上坚实的地面,他调头奔向港口,提亚雷特和伊兰蒂亚士兵还在那儿与剩下的梅隆人战斗。莱珊德拉用双臂搂着他,这让他很惊讶。"那真是个好主意,维克。你的阳光炸弹拯救了许多生命,而且可能扭转了战局。"

"当然。"他尴尬地红着脸,但希望她不要那么快松开他,他完全想不出就算是最伟大的圣者和战士要怎么打败装甲巨乌贼,"我想伊兰蒂亚可能没有,呃,储存在仓库里某处的超级武器类的东西?"

读心女孩歪着头好像在听她脑海里的声音。她松开维克转身朝通往港口的陡峭道路走去。"也许吧。波勒普圣者来了。"

几个步履维艰的新人——他在葵母圣者的"化学"课上遇到过的学生——一起搬运一根电线杆大小的空心管道。波勒普叮当作响的步行器引导着他们。

维克拉着莱珊德拉的手,和她一起跑过去。"来吧,让我们

第三十六章

来帮忙！我迫不及待地想看看波勒普圣者有什么疯狂的点子了。"

葵母天才引导他的学徒带着重金属管子前进时，维克在汗流浃背的新生旁边搭了把手。"我猜这就像是一门大炮？"

水母大脑在水族箱容器里漂动。"我曾经不想制造武器，但我们必须要保卫伊兰蒂亚。"

莱珊德拉触摸着机器人，想从葵母的头脑中获取图像。她钴蓝色的眼睛神采奕奕。"啊，我明白了。我希望它能起效。"

"它是什么？"维克问，"我们中的一些人不会心灵感应，你知道的。"

莱珊德拉溜到他身边帮他拿武器，就在这时，波勒普回答了："我创造了一种化学物质和魔法的危险混合物。我们准备好用强大的符号来激活水晶粉末和咒语。"波勒普用一只厚实的假手拿着一个用阿迦墨水设计的圆盘。维克不确定，但他觉得这是葵母警告过他们的、永远不要使用的危险符号之一。

"我拥有这个咒语和秘法已经很长时间了，但我从来没有冒险调配过它。现在威胁已经太大了。这门大炮将发射一团燃烧旺盛的**格罗吉普斯之火**。水无法浇灭它。怪物无法寻求海浪的庇护，这种化学物质会在水下继续燃烧。"

"听起来像希腊火焰。"维克说，联想起了他一直想尝试的化学实验，但他爸爸没给他材料，"磷或者镁，在水下也能燃烧的金属，而且——"

"这是**格罗吉普斯之火**，"莱珊德拉重复道，"想想你知道的，维克斯，然后用魔法把它的效果增强一千倍。"

"太酷了。"

她表情古怪地斜瞥了他一眼。"不，它真的特别热。"

水晶门：岛屿之国

维克、莱珊德拉和疲惫又害怕的新人们一起把沉重的金属圆筒抬到码头的尽头。战斗海怪还在前进，粉碎了它触及的一切。仅剩的梅隆将军看到他们，尤其是注意到葵母逃脱者时特别愤怒，再次用刺棒驱使怪物靠近主码头。

虽然圣者波勒普害怕再次被俘、和他的族人一起被奴役，但是他沉重的行走器却站定下来。波勒普站在大炮后面，摸索着他的符号盘。"当我点燃水晶粉末，大炮就将发射炮弹，"他通过扬声器说，"我们只有一次机会。"

学徒们努力稳住沉重的大炮。战斗海怪抬起了触手。现在，吸盘上全是碎木块。

波勒普将符号盘伸到水晶粉末引信上，但在这位葵母天才碰到引信并发射弹药之前，一条触手砰的一声砸到码头桩子。整个码头都在震颤，两个新生跌倒了。维克站稳脚跟，用力抓住那门沉重的大炮。

波勒普一个没抓牢，符号盘从波勒普的人造手中滑落了。他笨拙地想抓住它，但点火钥匙掉到了码头地板上，撞到了碎木块，弹了起来，从一条大裂缝掉到了水里。

葵母发出了一声无意义的气泡声。学生们惊讶地倒吸了一口凉气。"现在我们要怎么发射大炮？"

海怪逼近了。另一条触手也凶狠地砸向码头。两个梅隆士兵爬上码头，向着大炮蹒跚走去，一个新生撒手跑掉了。其他人都困在原地。波勒普一动不动，仿佛忘记了怎么操纵他的人造身体。

"等等！"维克喊道，"我有一个主意！"

梅隆人挥舞着尖刺棍棒。又有个新生逃跑了，其他人几乎举

第三十六章

不动沉重的大炮。嘶嘶作响的海底入侵者已经迫近,准备砍倒学生和波勒普圣者。

维克松开了一只手,颤抖的帮手们为此发出一声沮丧的呻吟。"我要试试一些东西。"

突然,提亚雷特冲到他们中间,用磨损严重的法杖左右猛砍。受惊的梅隆人转向这个旋风一样的女孩。她用法杖一下打穿了攻击者的肋骨甚至穿透了贝壳盔甲,紧接着又打碎了海胆狼牙棒。她沙哑地叫道:"维克斯,不管你打算做什么——现在就做!"她抓住一个大炮把手,赤脚站定,努力支撑着大炮。

他从口袋里掏出钥匙串,他妈妈给他的五边形徽章吊坠——上面有在化学课上引发剧烈反应的强大符文。他知道这只是直觉在引导他,但不知道为什么,这直觉似乎是正确的。"我非常希望这能管用。"

莱珊德拉让吓坏了的学徒重新振作起来。"把大炮举稳点!我们还有一次机会。"

波勒普圣者看着徽章吊坠。"小心点,维克斯。对于不熟练的人来说,使用如此强大的符文可能出现难以预料的结果。"

"你还有什么办法可以对付那只巨型鱿鱼吗?"

圣者摇了摇水族箱头。"没有了。"

海怪抬起头,最后的梅隆将军站得高高的,就像一个自负的征服者。长满尖刺的触手挥舞着,怪物尖利的嘴噼啪作响,渴望着更多肉的味道。

维克把他妈妈的徽章一下放到水晶粉末引信处。图案发出强烈的热光,烧到了他的手指,但他没有松手。水晶粉末被点燃了。大炮发出震耳欲聋的轰鸣,巨大的**格罗吉普斯之火**像彗星一

水晶门：岛屿之国

样从大炮中发射出来。

"哈！看炮！"

后坐力和冲击波将所有学生都震得跪倒在地，巨大的圆筒撞在码头上。连波勒普圣者都在他沉重的身体里挣扎着保持平衡。

炽热的鱼雷冲向战斗海怪，猛烈爆炸开来。在怪物仅剩的那只没瞎的眼睛下面，火焰像火炬一样燃烧着，深入到软肉里——让鱿鱼怪兽狂躁起来。它的触手颤动着，身躯搅动着海水，但像太阳一样炽热的火焰却烧得更亮更凶了。

一条抽动着的触手上的尖刺向后扫去，砸碎了梅隆将军所在的亭子。骨头支柱折断了。贝壳天花板被击碎了，触手抓住了梅隆指挥官。海怪甩动着正在挣扎的梅隆人，然后把他摁进了水里。

波勒普圣者重拾了平衡感恢复正常，他迈着沉重的步子走到码头边上。维克、莱珊德拉和提亚雷特和他一起走去。他们看到鱿鱼翻腾着沉入水下，溅起数道水流，用最快的速度离开了港口。**格罗吉普斯之火**的火光依然嵌在它的身体里，仍在水中燃烧。海怪终于从港口消失了。

"令人印象深刻的武器。"提亚雷特说。

"火会熄灭吗？"莱珊德拉问葵母科学家。

波勒普圣者在水箱中转动着果冻般的身体。"我不知道。这对我来说只是一个实验。我担心我已经杀死了它，这让我很伤心，毕竟它只是被梅隆人奴役的野兽。"

"我们必须阻止它，"维克说，"你知道你救了多少生命吗？"

"我知道，"波勒普用吐泡泡似的声音说，"我不觉得内疚，只是感到悲伤。"

第三十六章

维克手里紧紧握着仍然暖和的徽章,想起他妈妈、格温的妈妈,还有他爸爸的水晶门实验。他还有很多问题。

他和堂姐还有很多研究要做。

第三十七章

那天晚上，在他们吃完饭、洗漱完之后，格温走进维克的小房间，坐在他小睡床的床尾。

她在不安的沉默中看了好几分钟地板，然后低声问道："我们是人类吗？"

"当然。"

"但我们的妈妈不是地球人。"

"确实不是。我很确定，"维克说，"我想知道的是为什么我们的父母从来没说起过这点。看起来一段很重要的家族史被略去了。"

"也许他们认为他们可以保护我们免受杀害我父母的人的伤害。"格温叹了口气，"你知道的，我一直以为如果我能弄明白前因后果，会更容易接受失去爸妈的事实。但现在我知道我爸妈是被谋杀的，情况更糟了。阿兹里克想让他们死——也想让我死。"她猛抬起头，眯起了紫色的眼睛，"但不是你。也不是你的父

第三十七章

母……为什么？是他放过你们了，还是——"

"不，"维克打断她，"你在海洋王国只是一个更容易的目标。不管怎样，他也想杀了我妈妈。当她逃跑后，爸爸说她想把阿兹里克从我们身边引开。我只知道她还活着。我无法解释为什么，但我能感觉到。"

"有点像莱珊德拉的预感那样？"格温问。

维克耸了耸肩。"我不知道。你怎么看她总是提起的那些梦和预言？它们是真的吗？我的意思是，她说的那些传说真的是关于我们的吗？"

"不可能吧，"格温强调，"原因如下：第一，我只是勉强适应了我们在另一个世界的事实。第二，这里有很多很多的世界。第三，我们并没有我们以为地那么了解我们的妈妈。第四，你爸爸希望我们安全地待在这里，但我们卷入了一些疯狂的战争，所以——"

"第七十七？"维克打岔道。

格温向前倾身。"第五，我们一点都不安全。我们实际上在战争中战斗。我的脑子里已经装满了那些我不得不相信的不可能状况。所以，当有个会读心的红棕发女孩开始到处讲预言的事，也许你能明白我为什么还没做好准备接受这些预言。第六，我们是几千年前的预言提到的被选中之人。这太离谱了。"

维克看起来很无奈。"按照爸爸的说法，我们甚至不应该试着回家。我们可以把他带到这儿，但只能通过创造一扇不可能的门或者打开一扇门——从听说的消息来看——是打开一扇被永久封锁的门。所以这就是我们必须要做的。"

她心里冒出一个念头。"如果水晶门是被永久封锁的，那我

水晶门：岛屿之国

们的妈妈是怎么到地球的呢？还有阿兹里克？"

"嗯，"维克说，"好问题。在**大封锁**之前，他们都不在那儿，所以一定有办法打开门。我们会**找到**办法的。"

"同时，"格温说，"我们要上课，与黏滑的海洋战士——呃——还有海蛇战斗。"

"还有巨型鱿鱼和使用魔法的变形者，"维克补充道，"我们还要去找我妈妈。"

"也就是说，我们最大的希望就是与大师圣者卢比卡斯合作。"

◆◆◆

第二天早上，五个小伙伴到达卢比卡斯的实验室时，老圣者正在写字台旁沉思。实验室中央的大理石地板上散落着设备、水晶和湿透的法术卷轴，仿佛他为了找东西已经洗劫了整座塔。

"哇，"维克评论道，"有人收拾东西收得比我还差。"卢比卡斯没有抬起头。

"这看起来比我们从地球通过水晶门来到这儿时造成的混乱还要糟糕。"格温清了清嗓子，"我们能不能帮忙做点事，卢比卡斯圣者？"

"嗯，有可能。很有可能。"老人再次自言自语，没有抬起头。

"我们会好起来的，"提亚雷特郑重地说，"我们会活下来的。梅隆人已经被击退了，他们的战斗海怪被击败了，伊兰蒂亚依然强大不败。"

谢里夫站在窗边，眺望整座城市。"工人们已经在努力修缮

第三十七章

港口。我们那儿有句谚语：'巨大的努力会带来巨大的回报。'"

莱珊德拉咂舌。"奥菲恩走之前把这儿弄得一团糟，是不是？"

"奥菲恩做的远不止这些。"维克抱怨道。虽然水族箱损坏严重还无法使用，但是获救的阿奎特娃娃鱼们现在正在一大盆海水里游动着。

当格温开始收拾时，卢比卡斯对他们眨了眨眼睛。"嗯，不完全是。也就是说，我的逆徒造成了一些损害，但我要对自己的烂摊子负责。我一直在努力重编盾牌的咒语，主要根据我自己的记忆。我认为是可以做到的。你们看，我从格温雅和谢里法斯带回的残片中拼凑出了一部分咒语。然后我用一些现有的咒语来填补空白。"

维克点了点头，仿佛他完全明白。"就像子程序。你只是将它们从其他咒语中提取出来。"

"嗯，"卢比卡斯心不在焉地应了一声，"正如你们所见，我开头已经做得很好了。虽然我并不总能顺利找到需要的材料。我一定是把它们放在其他地方了。"他指着大理石讲台脚下的一堆乱放的卷轴，"我从来没有意识到奥菲恩把我的很多工作打理得井井有条……"

"井井有条？呸，如果他故意把东西藏起来，我倒不会很惊讶。"维克说。

圣者凄凉地环视自己的实验室。"我有很多工作要做，再也没有人来跟进我所有咒语和研究了。"

"你有我们。"格温说。在她的脑海里，她已经为他的研究建立了一个有逻辑的系统。老圣者一直把他的作品堆在一起，按照

水晶门：岛屿之国

一个只有他自己明白的系统来摆放，然后奥菲恩可能用乱放卷轴的方式来"帮忙"降低了圣者的工作效率。"我有一些想法合理高效地整理这一切。第一，我会把你的卷轴和笔记排个顺序。第二，我会把所有已完成的咒语编上序号。第三——"

"哦，太好了，"维克说，"一旦她开始组织工作，我就不会再被工作缠住了。"

"啊，对，这就是我想告诉你们的。由于我的工作很紧急，五行会已经同意我用几个新生。我深信你们每个人都会对我有重大帮助。莱珊德拉做了一些梦，这些梦表明你们五个不是偶然走到一起的，而是命运的安排。所以我告诉尊敬的长老们我希望你们都成为我的学徒——如果你们愿意的话，那就这么定了。"

"如果你相信我的技能派上用场的话，"提亚雷特说，"我是愿意的。我们都在《伟大史诗》中扮演着角色，这将是一个重要的故事。"

莱珊德拉的眼中满是喜悦。"谢谢你，圣者卢比卡斯。我接受你的提议。我将从翻译和外交专业转到你这里。"

"当然，能帮到大师圣者是我的荣幸。"谢里夫说。

当格温和维克也同意时，卢比卡斯露出若有所思的神情。"嗯，如果你们两个想要帮我，首先我们要知道你们的潜力边界在哪里。"

"你的意思是，你要我们去参加天赋测试吗？"维克抱怨道，"我以前参加过的。谁有2号铅笔吗？"

"伊兰蒂亚的每个人都有天赋，"莱珊德拉说，"但我们可能不知道自己的天赋是什么。我们需要有人向我们揭示我们的潜力。"

第三十七章

　　格温知道他们的妈妈有巨大的秘密和某种秘密的力量。福耶拉和卡亚拉撬开了通往地球的水晶门，哪怕水晶门在**大封锁**中被封锁了。格温和维克知道他们带有复杂符号的五边形徽章在伊兰蒂亚拥有神秘力量，但他们还不太明白。如果这个测试可以告诉他们关于他们自己的任何事情，她想要知道答案。

　　"是的，"格温说，"我们需要知道。"

　　"通常他们会测试你们是否有潜力成为一把钥匙。"谢里夫解释说，皮里的水晶球在网眼袋发出骄傲的白光，"我的哥哥哈希姆曾经为了成为钥匙而接受过训练，我的得分也很高。现在我知道了阿兹里克参与了梅隆袭击，没有什么能阻止我用尽全力去打败他。"他的皮肤变得更黑了。

　　"我也没有接受过测试。"提亚雷特说。

　　"自从你获救后，我们都太忙了。"维克指出。

　　来自阿非里克的少女用琥珀色的眼睛看着堂姐弟。"那我们就不要再浪费时间了。"她用法杖敲了敲地面，"在梅隆人再次进攻之前，了解我们的能力可能很有用。"

　　一想到要帮助卢比卡斯，格温就心跳加速。卢比卡斯也要为他们的穿越之旅负点责任，那为卢比卡斯工作就是最好的机会。不过，适度的怀疑缓和了她的热情。"这很荣幸，圣者卢比卡斯，但维克和我来自地球。我怀疑我们没有资质成为潜在的钥匙。"

　　维克给了她一个"不要再这么扫兴了"的眼神，然后滔滔不绝起来："如果我一个月前告诉你，我们将穿过水晶门来到一座神奇的岛屿，岛上有被称为圣者的真正的魔法师和真正的魔法——更别提还有小精灵、取送东西的丝歌丽、巨型战斗海怪——你也会说这不可能的。那想到你和我可能是潜在的钥匙又

水晶门：岛屿之国

能有多不可思议呢？"

"好的，泰兹。"格温举起双手投降，"你是对的。我们就该让他们测试我们，看看会发生什么。"

莱珊德拉抬起尖尖的下巴。"我会带他们去测试中心，圣者卢比卡斯。您不需要中断工作。"

"这个测试……呃……不会痛吧？"维克问，"比方说，不需要从我的头骨内部的削片吧？"

莱珊德拉的红发随着摇头而一阵荡漾。"你们的潜力是你们的一部分，维克斯。我们只需要你在场。剩下的交给水晶。"

格温苦笑了一下。测试当然会基于水晶。伊兰蒂亚的一切似乎都与水晶有关。

最重要的是，她想了解卡亚拉和福耶拉姐妹的秘密。他们的妈妈向孩子们遗传了多少"魔力"？如果"双胞胎堂姐弟"测试出来真的是钥匙，那么也许他们可以自己打开水晶门，找出他们的妈妈来自哪里。

以及维克的妈妈去了哪里。

一想到她并不了解的自己妈妈，格温感到一阵心痛。如果福耶拉也对自己的爸爸保守秘密呢？卡普叔叔显然知道的更多，远不止他曾告诉她和维克的那些信息。如果她能揭开答案，获得的信息可能不仅对她很重要，而且对伊兰蒂亚和其他世界也很重要。

第三十八章

水晶门中心比格温想象的更大、更复杂。这个开放式建筑的建材来自与伊兰蒂亚有贸易往来的所有世界，华丽的支柱像树干一样矗立在会回音大厅里。不同的小房间里挤满了工作人员、写字台和记录贸易路线的档案。墙上复杂的巨幅图表显示着岛屿周围所有水晶门的位置。

伊兰蒂亚的工作人员在墙上的壁凹之间来回，管理着成堆的卷轴和证明简册，它们排列在架子上，无数的小储物间像一个个邮政信箱。只看了一眼，格温就已经很欣赏这种严密的组织管理了。"这儿看起来像一个登记大厅。"

"我们在这里保存了伊兰蒂亚钥匙及其对应水晶门的所有信息，"莱珊德拉说，"所有商人或想要前往特定世界的旅行者必须使用适当的钥匙。他们来到水晶门中心，钥匙助理搜索记录，就能找到可以打开他们想打开的水晶门的门钥匙。"

谢里夫走上前。"比如，假设你们想去我的飞行之城伊拉克

水晶门：岛屿之国

什，你们必须找到一把来自我的世界的钥匙——一旦我接受了足够的训练，也许我自己就可以成为钥匙。"

"所以我猜这儿就像个公共汽车站，"维克说，"大家从四面八方来到这儿，必须找到一张票才能去他们想去的地方。"

"一些钥匙要求为他们的服务支付大笔费用，"莱珊德拉说，"其他钥匙觉得保持贸易通畅和伊兰蒂亚的开放是他们的职责。大多数钥匙认为自己是守卫者，关于允许谁通过水晶门进入他们的世界，他们非常谨慎。"

佩康亚斯，身穿绿色长袍，掌管农业与贸易的长老，在拱形入口处遇到了他们。莱珊德拉解释了圣者卢比卡斯派他们来的原因之后，这位长老眯起眼睛。"是你们三个，"他用鼻音说，"进入主厅。我们能一次性测试很多人，这在大批学生来到伊兰蒂亚时很有用。"

在一扇边缘是棱镜的五边形天窗下方，有一段通风的开放式陈列室，室内摆放着众多蛋形水晶，它们被细心地安置在精致的底座上，排列成两个同心圆。内圆和外圆的底座各不相同。格温研究着这个排列，意识到如果用直线连接环中的基座，它们会形成五边形，这是伊兰蒂亚无处不在的符号。维克环顾水晶阵列四周，仿佛在想象如何把阵列拆开再重组成更好的阵型。

"那么这个测试到底要我们做什么？"格温问。

莱珊德拉走上前。"很简单。"她走到一颗乳白色水晶前，摸了摸水晶，仅仅一秒后，水晶发出了宜人的橙色光芒，"这表明水晶认出了我，我有潜力。"

谢里夫不甘示弱，也走向旁边的水晶。"我也测试过了。"他紧握水晶光滑的表面，然后水晶闪烁着比莱珊德拉的水晶更明亮

第三十八章

的蓝绿色光芒,他丰厚的嘴唇勾起一抹微笑,"发光的亮度体现了一个人的能力。"他似乎暗示自己作为一个王子,他的水晶发出的光芒理应比其他人的更明亮。

谢里夫和莱珊德拉让他们的测试水晶发光时,提亚雷特深吸一口气,闭上了眼睛,低下头仿佛在唤起回忆。"昆杜大师相信我的潜力。我这样做是为了纪念他。我希望自己能继续他来伊兰蒂亚的事业。"

提亚雷特将注意力集中在测试上,将手放在蛋形水晶上方,然后把手掌放到光滑的表面上。水晶一开始还是黑色的。格温还认为这个来自阿非里克的女孩会失败,直到一道白光像小火花一样从水晶内部亮起。它变得越来越亮,越来越亮,提亚雷特的水晶终于和莱珊德拉的水晶一样耀眼了。她另一只手握着手杖敲击地板,摆出胜利的姿势。

格温咬着下唇对维克说:"现在轮到我们了。我先过去。"她平静地走到一颗水晶前,但他却冲到另一颗水晶前。

"你一定是在开玩笑。别对我摆架子——"

格温对冲动的堂弟翻了个白眼。不再理他,她在维克触碰水晶的同时触碰了蛋形水晶。突然,他们的测试水晶爆发出炽热、明艳的光芒,就好像烟花在他们手中炸开了一样。

佩康亚斯长老后退一步,惊讶地吸气。"我从未见过这么明亮的——"

令人惊讶的是,莱珊德拉、谢里夫和提亚雷特握着的水晶也变亮了十倍。五颗水晶的光芒都变得刺眼起来。然后是四周的其他水晶——那些通常用于照明和装饰的水晶——就像被格温和维克施放的过多能量点燃了一样。

水晶门：岛屿之国

"是你们五个一起！"佩康亚斯看着莱珊德拉、谢里夫、提亚雷特震惊的表情，"你们每个人都有潜力，但你们三个再加上他们两个时，增幅效果简直令人难以置信。这是史无前例的。"

来中心找人打开水晶门的旅客和商人都目瞪口呆，满怀敬畏地低语。旁观者冲出庞大建筑物的大厅，传播着这个消息。

五颗蛋形水晶发出的光芒变强了，格温本能地在宝石爆炸之前松开手。但她没感觉到危险，没有灼热，只有一种愉悦的刺痛穿过她的身体。

圣者们跑来了，他们的五彩长袍飘动着，惊讶地停下来打量这展示出来的威力。

即使学生们把手拿开了，水晶也依然在发光。

皮里在谢里夫脖子上挂着的球里翻滚着，闪烁着快乐的粉色光芒。

提亚雷特的眼睛闪闪发光。"如果我们学会利用这种力量，梅隆人就无法战胜我们。"

"这太酷了。"维克说。

莱珊德拉看起来既震惊又充满敬畏。"这就像我们教给小孩子的预言歌。他们玩小游戏时会唱这首歌。"

"问题是，预言是什么？"格温问，"预言说了什么？"

莱珊德拉轻轻地唱着，身体随着歌词的节奏摇摆着，

五颗水晶会像太阳一样闪耀，

从而显露被选之人。

学习的时间结束后，

被选之人可以一起选择，

预示着最后的战斗，

第三十八章

黑暗圣者与光明圣者。

维克挠了挠鼻子。"嘘,这听起来很严肃——不管它是什么意思。呃,那我们该怎么办?"

格温一拳打在维克的肩膀上。"目前,分心博士,在加上神秘预言之前,我觉得我们已经有足够多的谜团了。要我说,是时候去找寻关于我们妈妈的谜团的答案了。"

"好。然后在找出答案的同时,努力把我爸爸带到这儿来,"维克赞同地说,"先管家人,再管预言。"

"那我们其他人呢?"莱珊德拉问,看起来很担心,"我们不一起行动吗?"

维克伸出一只手搂着会心灵感应的女孩,另一只手搂着格温。"好呀。你是我们的朋友。我们要学习很多东西,我们需要你。我有一种奇怪的感觉,你被我们困住了。"

格温对她堂弟这种不寻常的表现一笑置之。她把谢里夫和提亚雷特拉入他们站成的圈子。"换句话说,我觉得我们变成了家人。"

致谢

我们要特别感谢下列众人：

感谢三叉戟媒体集团的约翰·西尔伯萨克和罗伯特·戈特利布从一开始就大力支持本书。

感谢詹妮弗·亨特和菲比·索尔金·斯帕尼尔关心本书，并为本书提供了富有见地的编辑工作。

感谢文火公司的黛安·E. 琼斯、凯瑟琳·西多尔、D. 路易斯·梅思塔长期以来提出的宝贵建议；感谢文火公司的梅吉·克拉克、保罗、拉西·法伊弗、乔纳森·考恩、路易丝·梅思塔让本书编辑出版工作顺利进行。

感谢我们的家人接受我们不同寻常的日程安排，把我们的书介绍给许多新朋友。

感谢伊戈尔·科德为本书提供出色的概念插图和富有想象力的设计。

感谢莎拉·霍伊特、丹·霍伊特夫妇和丽贝卡·利基斯、艾

致谢

伦·利基斯夫妇在当地的大力支持。

感谢朋友，克里斯廷·凯瑟琳·鲁西、迪恩·韦斯利·史密斯、黛比·雷、丽莎·克里斯曼、玛丽·汤姆森、切丽·布克海姆、布莱恩、赫伯特与简·赫伯特夫妇、玛丽伊丽莎白·哈特与杰夫·马里奥特夫妇、布拉德·塞诺与苏·塞诺夫妇、麦克斯·布什与欧文·布什夫妇、莱沙·伯查德、珍妮特、柏林、鲍勃·弗雷克、莱斯利·劳德黛尔、凯西、泰里、安·诺伊曼，维系我们的友情，长期远程给予我们的鼓励，让我们在这个疯狂的世界里保持理智。

感谢迪恩·孔茨与格尔达·孔茨夫妇多年来提供的宝贵建议。